Taschenbuch – Literatur - Klassiker

AF285071

Gottfried Keller
Der Schmied seines Glückes. Spiegel das Kätzchen

Gottfried Keller
Der Schmied seines Glückes
Spiegel das Kätzchen

1. Aufl.
Taschenbuch – Literatur - Klassiker
Herausgeber Frank Weber, Marburg
Bibliografische Information der Deutschen Nationalbibliothek:
Die Deutsche Nationalbibliothek verzeichnet diese Publikation in der Deutschen
Nationalbibliografie; detaillierte bibliografische Daten sind im Internet abrufbar über
http://dnb.dnb.de
© 2020 Gittfried Keller
ISBN: 9783751920001
Herstellung und Verlag: BoD – Books on Demand, Norderstedt

Der Schmied seines Glückes

John Kabys, ein artiger Mann von bald vierzig Jahren, führte den Spruch im Munde, daß jeder der Schmied seines eigenen Glückes sein müsse, solle und könne, und zwar ohne viel Gezappel und Geschrei. Ruhig, mit nur wenigen Meisterschlägen schmiede der rechte Mann sein Glück! war seine öftere Rede, womit er nicht etwa die Erreichung bloß des Notwendigen, sondern überhaupt alles Wünschenswerten und Überflüssigen verstand.

So hatte er denn als zarter Jüngling schon den ersten seiner Meisterstreiche geführt und seinen Taufnamen Johannes in das englische John umgewandelt, um sich von vornherein für das Ungewöhnliche und Glückhafte zuzubereiten, da er dadurch von allen übrigen Hansen abstach und überdies einen angelsächsisch unternehmenden Nimbus erhielt.

Darauf verharrte er einige Jährchen ruhig, ohne viel zu lernen oder zu arbeiten, aber auch ohne über die Schnur zu hauen, sondern klug abwartend.

Als jedoch das Glück auf den ausgeworfenen Köder nicht anbeißen wollte, tat er den zweiten Meisterschlag und verwandelte das i in seinem Familiennamen Kabis in ein y. Dadurch erhielt dies Wort (anderwärts auch Kapes), welches Weißkohl bedeutet, einen edlern und fremdartigern Anhauch, und John Kabys erwartete nun mit mehr Berechtigung, wie er glaubte, das Glück.

Allein es vergingen abermals mehrere Jahre, ohne daß selbiges sich einstellen wollte, und schon näherte er sich dem einunddreißigsten, als er sein nicht bedeutendes Erbe mit aller Mäßigung und Einteilung endlich doch aufgezehrt hatte. Jetzt begann er aber sich ernstlich zu regen und sann auf ein Unternehmen, das nicht für den Spaß sein sollte. Schon oft hatte er viele Seldwyler um ihre stattlichen Firmen beneidet, welche durch Hinzufügen des Frauennamens entstanden. Diese Sitte war einst plötzlich aufgekommen, man wußte nicht wie und woher; aber genug, sie schien den Herren vortrefflich zu den roten Plüschwesten zu passen, und auf einmal erklang das ganze Städtchen an allen Ecken von pompösen Doppelnamen. Große und kleine Firmatafeln, Haustüren, Glockenzüge, Kaffeetassen und Teelöffel waren damit beschrieben, und das Wochenblatt strotzte eine Zeitlang von Anzeigen und Erklärungen, deren einziger Zweck das Anbringen der Alliance-Unterschrift war. Insbesondere gehörte es zu den ersten Freuden der Neuverheirateten, alsobald irgendein Inserat von Stapel laufen zu lassen.

Dabei gab es auch mancherlei Neid und Ärgernis; denn wenn etwa ein schwärzlicher Schuster oder sonst für gering Geachteter durch Führung solchen Doppelnamens an der allgemeinen Respektabilität teilnehmen wollte, so wurde ihm das mit Naserümpfen übel vermerkt, obgleich er im legitimsten Besitze der anderen Ehehälfte war. Immerhin war es nicht ganz gleichgültig, ob ein oder mehrere Unbefugte durch dieses Mittel in das allgemeine vergnügte Kreditwesen eindrangen, da erfahrungsgemäß die geschlechterhafte Namensverlängerung zu den wirksameren, doch zartesten Maschinenteilchen jenes Kreditwesens gehörte.

Für John Kabys aber konnte der Erfolg einer solchen Hauptveränderung nicht zweifelhaft sein. Die Not war jetzt gerade groß genug, um diesen lang aufgesparten Meisterstreich zur rechten Stunde zu führen, wie es einem alten Schmied seines Glückes geziemt, der da nicht in den Tag hinein hämmert, und John sah demgemäß nach einer Frau aus, still, aber entschlossen. Und siehe! schon der Entschluß schien das Glück endlich heraufzubeschwören; denn noch in derselben Woche langte an, wohnte in Seldwyla mit einer mannbaren Tochter eine ältere Dame und nannte sich Frau Oliva, die Tochter Fräulein Oliva. Kabys-Oliva! klang es sogleich in Johns Ohren und widerhallte es in seinem Gemüte! Mit einer solchen Firma ein bescheidenes Geschäft begründet, mußte in wenig Jahren ein großes Haus daraus werden. So machte er sich denn weislich an die Sache, ausgerüstet mit allen seinen Attributen.

Diese bestanden in einer vergoldeten Brille, in drei emaillierten Hemdeknöpfen, durch goldene Kettchen unter sich verbunden, in einer langen goldenen Uhrkette, welche eine geblümte Weste überkreuzte, mit allerlei Anhängseln, in einer gewaltigen Busennadel, welche als Miniaturgemälde eine Darstellung der Schlacht von Waterloo enthielt, ferner in drei oder vier großen Ringen, einem großen Rohrstock, dessen Knopf ein kleiner Operngucker bildete in Gestalt eines Perlmutterfäßchens. In den Taschen trug, zog hervor und legte er vor sich hin, wenn er sich setzte ein großes Futteral aus Leder, in welchem eine Zigarrenspitze ruhte, aus Meerschaum geschnitzt, darstellend den aufs Pferd gebundenen Mazeppa; diese Gruppe ragte ihm, wenn er rauchte, bis zwischen die Augbrauen hinauf und war ein Kabinettsstück; ferner eine rote Zigarrentasche mit vergoldetem Schloß, in welcher schöne Zigarren lagen mit kirschrot und weiß getigertem Deckblatt, ein abenteuerlich elegantes Feuerzeug, eine silberne Tabaksdose und eine gestickte Schreibtafel. Auch führte er das komplizierteste und zierlichste aller Geldtäschchen mit unendlich geheimnisvollen Abteilungen.

Diese sämtliche Ausrüstung war ihm die Idealausstattung eines Mannes im Glücke; er hatte dieselbe, als kühn entworfenen Lebensrahmen, im voraus angeschafft, als er noch an seinem kleinen Vermögen geknabbert, aber nicht ohne einen tiefern Sinn. Denn solche Anhäufung war jetzt nicht sowohl das Behänge eines geschmacklosen eitlen Mannes als vielmehr eine Schule der Übung, der Ausdauer und des Trostes zur Zeit des Unsterns sowie eine würdige Bereithaltung für das endlich einkehrende Glück, welches ja kommen konnte wie ein Dieb in der Nacht. Lieber wäre er verhungert, als daß er das geringste seiner Zierstücke veräußert oder versetzt hätte; so konnte er weder vor der Welt noch vor sich selbst für einen Bettler gelten und lernte das Äußerste erdulden, ohne an Glanz einzubüßen. Ebenso war, um nichts zu verlieren, zu verderben, zu zerbrechen oder in Unordnung zu bringen, eine fortwährend ruhige und würdevolle Haltung geboten. Kein Räuschchen und keine andere Aufregung durfte er sich gestatten, und wirklich besaß er seinen Mazeppa schon seit zehn Jahren, ohne daß an dem Pferde ein Ohr oder der fliegende Schweif abgebrochen wäre, und die Häkchen und Ringelchen an seinen Etuis und Necessaires schlossen noch so gut als am Tage ihrer Schöpfung. Auch mußte er zu all dem Schmucke Rock und Hut säuberlich schonen, sowie er auch stets ein blankes Vorhemdchen zu besitzen wußte, um seine Knöpfe, Kettchen und Nadeln auf weißem Grunde zu zeigen. Freilich lag eigentlich mehr Mühe darin, als er in seinem Spruche von den wenigen Meisterschlägen zugestehen wollte; allein man hat ja immer die Werke des Genies fälschlich für mühelos ausgegeben. Wenn nur die beiden Frauenzimmer das Glück waren, so ließ es sich nicht ungern in dem ausgespannten Netze des Meisters fangen, ja er schien ihnen mit seiner Ordentlichkeit und seinen vielen Kleinodien gerade der Mann zu sein, den zu suchen sie ins Land gekommen waren. Sein geregelter Müßiggang deutete auf einen behaglichen und sichern Zinsleinpicker oder Rentier, der seine Werttitel gewiß in einem artigen Kästchen aufbewahrte. Sie sprachen einiges von ihrem eigenen wohlbestellten Wesen; als sie aber merkten, daß Herr Kabys nicht viel Gewicht darauf zu legen schien, hielten sie klüglich inne und ihre Persönlichkeit für das, was diesen guten Mann allein anziehe. Kurz, in wenig Wochen war er mit dem Fräulein Oliva verlobt, und gleichzeitig reiste er nach der Hauptstadt, um eine reichverzierte Adreßkarte mit dem herrlichen Doppelnamen stechen zu lassen, anderseits ein prächtiges Firmaschild zu bestellen und einige Handelsverbindungen mit Kredit für ein Geschäft mit Ellenwaren zu eröffnen. Im Übermut kaufte er gleich noch zwei oder drei Ellenstäbe von poliertem Pflaumenholz, einige Dutzend Wechselformulare mit vielen merkurialischen Emblemen, Preiszettel und kleine Papierchen mit goldenem Rande zum Aufkleben, Handlungsbücher und derartiges mehr.

Vergnügt eilte er wieder in seine Heimatstadt und zu seiner Braut, deren einziger Fehler ein etwas unverhältnismäßig großer Kopf war. Freundlich, zärtlich wurde er empfangen und seinem Reiseberichte die Eröffnung entgegengesetzt, daß die Papiere der Braut, so für die Hochzeit erforderlich waren, angekommen seien. Doch geschah diese Eröffnung mit einer lächelnden Zurückhaltung, wie wenn er auf eine zwar unbedeutende, aber immerhin nicht ganz ordnungsgemäße Nebensache müßte vorbereitet werden. Alles dies ging endlich vorüber, und es ergab sich, daß die Mutter allerdings eine verwitwete Dame Oliva, die Tochter hingegen ein außereheliches Kind von ihr war aus ihrer Jugendzeit und ihren eigenen Familiennamen trug, wenn es sich um amtliche und zivilrechtliche Dinge handelte. Dieser Name war: Häuptle! Die Braut hieß: Jungfer Häuptle, und die künftige Firma also: John Kabys-Häuptle, zu deutsch: Hans Kohlköpfle.

Sprachlos stand der Bräutigam eine gute Weile, die unselige Hälfte seines neuesten Meisterwerkes betrachtend; endlich rief er:»Und mit einem solchen Hauptkopfschädel kann man Häuptle heißen!« Erschrocken und demütig senkte die Braut ihr Häuptlein, um das Gewitter vorübergehen zu lassen; denn noch ahnte sie nicht, daß die Hauptsache an ihr für Kabyssen jener schöne Name gewesen sei.

Herr Kabys schlechtweg aber ging ohne weiteres nach seiner Behausung, um sich den Fall zu überlegen; allein schon auf dem Wege riefen ihm seine lustigen Mitbürger Hans Kohlköpfle zu, da das Geheimnis bereits verraten war. Drei Tage und drei Nächte suchte er das gefehlte Werk in tiefer Einsamkeit umzuschmieden. Am vierten Tage hatte er seinen Entschluß gefaßt, ging wieder dorthin und begehrte die Mutter statt der Tochter zur Ehe. Allein die entrüstete Frau hatte nun ihrerseits in Erfahrung gebracht, daß Herr Kabys gar kein Mahagonikästchen mit Werttiteln besitze, und wies ihm schnöde die Türe, worauf sie mit ihrer Tochter um ein Städtchen weiterzog.

So sah Herr John das glänzende Oliva entschwinden wie eine schimmernde Seifenblase im Ätherblau, und höchst betreten hielt er seinen Glücksschmiedehammer in der Hand. Seine letzte Barschaft war über diesem Handel fortgegangen. Daher mußte er sich endlich entschließen, etwas Wirkliches zu arbeiten oder wenigstens zur Grundlage seines Daseins zu machen, und indem er sich so hin und her prüfte, konnte er gar nichts als vortrefflich rasieren, ebenso die Messer dazu im Stande halten und scharf machen. Nun stellte er sich auf mit einem Bartbecken und in einem schmalen Stübchen zu ebener Erde, über dessen Türe er ein»John Kabys« befestigte, welches er aus jener stattlichen Firmatafel eigenhändig herausgesägt und von dem verlorenen Oliva wehmütig abgetrennt hatte. Der Spitzname Kohlköpfle blieb ihm jedoch in der Stadt und führte ihm manchen Kunden zu, so daß er mehrere Jahre lang ganz leidlich dahinlebte, Gesichter schabend und Messer abziehend, und seinen übermütigen Wahlspruch fast ganz zu vergessen schien.

Da sprach eines Tages ein Bürger bei ihm ein, der soeben von langen Reisen zurückgekehrt war und jetzt nachlässig, indem er sich zum Einseifen setzte, hinwarf: »So gibt es, wie ich aus Ihrem Schilde ersehe, doch noch Kabisse in Seldwyla?« – »Ich bin der Letzte meines Geschlechtes«, erwiderte der Barbier nicht ohne Würde, »doch warum frugen Sie das, wenn ich fragen darf?« Der Fremde schwieg jedoch, bis er barbiert und gesäubert, und erst als alles beendigt und der Ehrensold entrichtet war, fuhr er fort: »In Augsburg kannte ich einen alten reichen Kauz, welcher öfter versicherte, seine Großmutter sei eine geborene Kabis von Seldwyla in der Schweiz gewesen, und es nehme ihn höchlich wunder, ob da noch Leute dieses Geschlechtes lebten.«

Hierauf entfernte sich der Mann.

Hans Kohlköpfle dachte nach und dachte nach und kam in eine große Aufregung, als er sich endlich dunkel erinnerte, daß eine Vorfahrin von ihm sich wirklich vor langen Jahren nach Deutschland verheiratet haben sollte, die seither verschollen war. Ein rührendes Familiengefühl erwachte plötzlich in ihm, ein romantisches Interesse für Stammbäume, und es ward ihm bange, ob der Gereiste auch wiederkommen würde. Nach der Art seines Bartwuchses mußte er in zwei Tagen wieder erscheinen. In der Tat kam der Mann pünktlich um diese Zeit. John seifte ihn ein und schabte ihn beinahe zitternd vor Neugierde. Als er fertig war, platzte er heraus und erkundigte sich angelegentlich nach den näheren Umständen. Der Mann sagte: »Es ist einfach ein Herr Adam Litumlei, hat eine Frau, aber keine Kinder, und wohnt in der und der Straße zu Augsburg.«

John beschlief sich den Handel noch eine Nacht und faßte in derselben den Mut, doch noch tüchtig glücklich zu werden. Am nächsten Morgen schloß er seinen Ladenstreifen, packte seinen Sonntagsanzug in einen alten Tornister und alle seine wohlerhaltenen Wahrzeichen in ein besonderes Paketlein, und nachdem er sich mit hinlänglichen Ausweisschriften und pfarrbücherlichen Auszügen versehen, trat er unverweilt die Reise nach Augsburg an, still und unscheinbar, wie ein älterer Handwerksbursche.

Als er die Türme und die grünen Wälle der Stadt vor sich sah, überzählte er seine Barschaft und fand, daß er sich sehr knapp halten müsse, wenn er im ungünstigen Falle den Rückweg wieder bestehen wolle.

Darum kehrte er in der bescheidensten Herberge ein, welche er nach einigem Suchen auffinden konnte; er trat in die Gaststube und sah verschiedene Handwerkszeichen über den Tischen hangen, worunter auch dasjenige der Schmiede. Unter dieses setzte er sich als ein Schmied seines Glückes, der guten Vorbedeutung wegen, und stärkte sein Leibliches durch ein Frühstück, da es noch zeitig am Tage. Dann ließ er sich ein eigenes Kämmerchen geben, wo er sich umkleidete. Er stutzte sich auf jegliche Weise auf und behing sich mit dem ganzen Zierat; auch schraubte er das Perspektivfäßchen auf den Stock. So trat er aus der Kammer hervor, daß die Wirtin erschrak ob all der Pracht. Es dauerte ziemlich lang, eh er die Straße fand, nach der sein Herz begehrte. Doch endlich sah er sich in einer weiten Gasse, worin mächtige alte Häuser standen; aber kein lebendes Wesen war zu erblicken. Endlich wollte doch ein Mägdlein mit einem blanken schäumenden Kännchen Bier an ihm vorüberhuschen. Er hielt es fest und fragte nach Herrn Adam Litumlei, und das Mädchen zeigte ihm das Haus, vor welchem er gerade stand.

Neugierig schaute er daran hinauf. Über einem ansehnlichen Portale türmten sich mehrere Stockwerke mit hohen Fenstern empor, deren starke Gesimse und Profile ein senkrechtes Meer von kühnen Verkürzungen vor dem Auge des armen Glücksuchers ausbreiteten, so daß es ihm fast bänglich wurde und er befürchtete, eine zu großartige Sache unternommen zu haben; denn er stand vor einem förmlichen Palast. Dennoch drückte er sachte an dem schweren Torflügel, schlüpfte hinein und befand sich in einem prächtigen Treppenhaus. Eine steinerne Doppeltreppe baute sich mit breiten Absätzen in die Höhe, von einem reich geschmiedeten Geländer eingefaßt. Unter der Treppe hindurch und durch die hintere offene Haustüre sah man Sonnenschein und Blumenbeete. John ging leise dahin, um vielleicht einen Dienstboten oder einen Gärtner zu finden, sah aber nichts als einen großen altfränkischen Garten, der voll der schönsten Blumen war, sowie einen steinernen Brunnen mit vielen Figuren.

Alles war wie ausgestorben; er ging wieder zurück und begann die Treppe hinaufzusteigen. An den Wänden hingen große vergilbte Landkarten, Pläne alter Reichsstädte mit ihren Festungswerken, mit stattlichen allegorischen Darstellungen in den Ecken. Eine eichene Türe unter mehreren war bloß angelehnt; der Eindringling öffnete sie zur Hälfte und sah eine ziemlich hübsche Frau auf einem Ruhebette ausgestreckt, welcher das Strickzeug entfallen war und die ein geruhiges Schläfchen tat, obgleich es erst zehn Uhr vormittags war. Mit klopfendem Herren hielt John Kabys, da das Zimmer sehr tief war, seinen Stock ans Auge und betrachtete die Erscheinung durch das Perspektivchen von Perlmutter; das seidene Kleid, die rundlichen

Formen der Schläferin ließen ihm das Haus immer mehr wie ein verzaubertes Schloß erscheinen, und höchst gespannt zog er sich zurück und stieg weiter hinauf, sachte und vorsichtig.

Zuoberst war das Treppenhaus eine ordentliche Rüstkammer, da es behangen war mit Rüstungen und Waffen aus allen Jahrhunderten; rostige Panzerhemden, Eisenhüte, Galakürasse aus der Zopfzeit, Schlachtschwerter, vergoldete Luntenstäbe, alles hing durcheinander, und in den Ecken standen ziervolle kleine Geschütze, grün vor Alter. Kurz, es war das Treppenhaus eines großen Patriziers, und Herrn John wurde es feierlich zu Mute.

Da ließ sich plötzlich eine Art Geschrei vernehmen, ganz in der Nähe, wie von einem größern Kinde, und als es nicht aufhörte, benutzte John den Anlaß, ihm nachzugehen und so zu Leuten zu kommen. Er öffnete die nächste Türe und sah einen weitläufigen Ahnensaal, von unten bis oben mit Bildnissen angefüllt. Der Boden bestand aus sechseckigen Fliesen verschiedener Farbe, die Decke aus Gipsstukkaturen mit lebensgroßen, fast freischwebenden Menschen- und Tiergestalten, Fruchtkränzen und Wappen. Vor einem zehn Fuß hohen Kaminspiegel aber stand ein winziges eisgraues Greischen, nicht schwerer als ein Zicklein, in einem Schlafrock von scharlachrotem Sammet, mit eingeseiftem Gesicht. Das strampelte vor Ungeduld, schrie weinerlich und rief:»Ich kann mich nicht mehr rasieren! Ich kann mich nicht mehr rasieren! Mein Messer schneid't nicht! Niemand hilft mir, o je, o je!«

Als es im Spiegel den Fremden sah, schwieg es still, kehrte sich um und sah mit dem Messer in der Hand verblüfft und furchtsam auf Herrn John, welcher, den Hut in der Hand, mit vielen Bücklingen vordrang, den Hut abstellte, lächelnd dem Männchen das Messer aus der Hand nahm und dessen Schneide prüfte. Er zog sie einigemal auf seinem Stiefel, dann auf dem Handballen ab, prüfte hierauf die Seife und schlug einen dichtern Schaum, kurz, er barbierte das Männchen in weniger als drei Minuten aufs herrlichste.

»Verzeihen Sie, hochgeehrter Herr!« sagte hierauf Kabys, »die Freiheit, die ich mir genommen habe! Allein da ich Sie in solcher Verlegenheit sah, glaubte ich mich dergestalt auf die natürlichste Weise bei Ihnen einzuführen, insofern ich etwa die Ehre habe, vor Herren Adam Litumlei zu stehen.«

Das Alterchen betrachtete noch immer erstaunt den Fremden; dann schaute es in den Spiegel und fand sich sauber rasiert, wie lange nicht mehr, worauf es, Wohlgefallen mit Mißtrauen vermischend, den Künstler abermals besah und mit Zufriedenheit wahrnahm, daß es ein anständiger Fremder sei. Doch fragte es mit immer noch unwirschem Stimmchen, wer er sei und was er wolle?

John räusperte sich und versetzte, er sei ein gewisser Kabys aus Seldwyla, und da er sich gerade auf Reisen befinde und hiesige Stadt passiere, so habe er nicht versäumen wollen, die Nachkommen einer Ahne seines Hauses aufzusuchen und zu begrüßen. Und er tat, als ob er von Kindheit auf nur von Herren Litumlei sprechen gehört hätte. Dieser war auf einmal freudig überrascht und rief freundlich und wohlgemut:

»Ha! so blühet also das Geschlecht der Kabisse noch! Ist es zahlreich und angesehen?«

John hatte schon gleich einem Wandergesellen, der vor dem Torschreiber steht, seine Schriften ausgepackt und vorgelegt. Indem er auf sie wies, sprach er ernst: »Zahlreich ist es nicht mehr, denn ich bin der Letzte des Geschlechtes! Aber seine Ehre steht noch unbewegt!«

Erstaunt und gerührt ob solchen Reden bot ihm der Alte die Hand und hieß ihn willkommen. Die beiden Herren verständigten sich schnell über den Grad ihrer Verwandtschaft; abermals rief Litumlei: »So nahe berühren sich unsere Lebenszweige! Kommen Sie, lieber Vetter, hier sehen Sie Ihre edle und treffliche Urgroßtante, meine leibliche Großmama!« Und er führte ihn im mächtigen Saale umher, bis sie vor einem schönen Frauenbilde standen in der Tracht des vorigen Jahrhunderts. In der Tat bezeichnete ein Papierkärtchen, welches in der Ecke des Rahmens befestigt war, die besagte Dame, so wie auch eine Anzahl der andern Bildnisse mit solchen Zetteln versehen war. Freilich zeigten die Gemälde selbst noch andere Inschriften in lateinischer Sprache, welche mit den angehefteten Papierchen nicht übereinstimmten. Aber John Kabys stand und stand und überlegte in seinem Innern: »So hast du denn doch gut geschmiedet! Denn hier blickt auf dich hernieder, hold und freundlich, die Ahnfrau deines Glückes im reichen Rittersaal!«

Melodisch zu dieser Selbstansprache klangen die Worte des Herren Litumlei, welcher sagte, daß nun von einer Weiterreise keine Rede sein dürfe, sondern der werteste Vetter zur Begründung eines engern Verhältnisses vorerst so lange, als dessen Zeit es erlaube, sein Gast sein müsse. Denn das flunkernde Ziergeräte des Herren Großneffen, welches ihm schon in die Augen gefallen, versah trefflich seinen Dienst und erfüllte ihn mit Vertrauen.

Darum zog er jetzt mit aller Macht an einer Glocke, worauf allmählich einige Dienstboten herbeischlurften, um nach ihrem kleinen Gebieter zu sehen, und endlich erschien auch die Dame, welche im ersten Stock geschlafen hatte, noch gerötet von ihrem Schläfchen und mit halboffenen Augen. Als ihr aber der angekommene Gast vorgestellt wurde, tat sie dieselben ganz auf, neugierig und vergnüglich, wie es schien, über die unerwartete Begebenheit. John wurde nun in andere

Räume geführt und mußte eine gehörige Erfrischung einnehmen, wobei ihm das Ehepaar so eifrig half wie Kinder, die zu jeder Stunde Eßlust haben. Dies gefiel dem Gast über die Maßen, da er sah, daß es Leute waren, die sich nichts abgehen ließen und welche noch Freude an den guten Dingen hätten. Seinerseits aber verfehlte er auch nicht, stündlich einen angenehmern Eindruck zu machen, ja schon beim bald folgenden Mittagessen stellte sich derselbe entschieden fest, als jedes der beiden Leutchen seine eigenen Leibgerichte auftragen ließ und John Kabys von allem aß und alles trefflich fand und seine angewöhnte ruhige Würde seinem Urteil einen noch höhern Wert gab. Es wurde aufs rühmlichste gegessen und getrunken, und noch nie genossen drei wackere Leute zusammen ein reichlicheres und zugleich schuldloseres Dasein. Es war für John ein Paradies, in welchem kein Sündenfall möglich schien.

Genug, es begab sich alles auf das beste. Bereits lebte er acht Tage in dem ehrwürdigen Hause und kannte dasselbe schon in allen Ecken. Er vertrieb dem Alten die Zeit auf tausenderlei Weise, ging mit ihm spazieren und rasierte ihn so leicht wie ein Zephir, was dem Männchen vor allem aus gefiel. John merkte, daß Herr Litumlei über irgend etwas nachzusinnen begann und erschrak, wenn jener von seiner Abreise sprach, was er etwa in ernsten Andeutungen tat. Da fand er, es sei Zeit, jetzt wieder einen kleinen Meisterschlag zu wagen, und kündigte seinem Gönner am Ende des achten Tages deutlicher seine demnächstige Abreise an, zum Grunde nehmend, daß er sich durch längeres Zaudern den Abschied und die Gewöhnung an ein einfacheres Leben nicht erschweren dürfe. Denn männlich wolle er sein Schicksal ertragen, das Schicksal eines Letzten seines Geschlechtes, der da in strenger Arbeit und Zurückgezogenheit die Ehre des Hauses bis zum Erlöschen zu wahren habe.

»Kommen Sie mit mir hinauf, in den Rittersaal!« erwiderte Herr Adam Litumlei; sie gingen; als dort der Alte einigemal feierlich auf und ab gewandelt, begann er wieder: »Hören Sie meinen Entschluß und meinen Vorschlag, lieber Großneffe! Sie sind der Letzte Ihres Geschlechtes, es ist dies ein ernstes Schicksal! Allein ein nicht minder ernstes habe ich zu tragen! Blicken Sie mich an, wohlan! Ich bin der Erste des meinigen!«

Stolz richtete er sich auf, und John sah ihn an, konnte aber nicht entdecken, was das heißen sollte. Aber jener fuhr fort: »Ich bin der Erste des meinigen, will soviel heißen als Ich habe mich entschlossen, ein solch großes und rühmliches Geschlecht zu gründen, wie Sie hier an den Wänden dieses Saales gemalt sehen! Dieses sind nämlich nicht meine Ahnen, sondern die Glieder eines ausgestorbenen Patriziergeschlechtes dieser Stadt.

Als ich vor dreißig Jahren hier einwanderte, war das Haus mit all seinem Inhalt und seinen Denkmälern eben käuflich, und ich erstand sogleich den ganzen Apparat als Grundlage zur Verwirklichung meines Lieblingsgedankens. Denn ich besaß ein großes Vermögen, aber keinen Namen, keine Vorfahren, und ich kenne nicht einmal den Taufnamen meines Großvaters, welcher eine Kabis geheiratet hat. Ich entschädigte mich anfänglich damit, die hier gemalten Herren und Frauen als meine Vorfahren zu erklären und einige zu Litumleis, andere zu Kabissen zu machen mittelst solcher Zettel, wie Sie sehen; doch meine Familienerinnerungen reichten nur für sechs oder sieben Personen aus, die übrige Menge dieser Bilder, das Ergebnis von vier Jahrhunderten, spottete meiner Bestrebungen. Um so dringender war ich an die Zukunft gewiesen, an die Notwendigkeit, selbst ein lang andauerndes Geschlecht zu stiften, dessen gefeierter Stammvater ich bin. Mein Bild habe ich längst anfertigen lassen sowie einen Stammbaum, an dessen Wurzel mein Name steht. Aber ein hartnäckiger Unstern verfolgt mich! Schon habe ich die dritte Frau, und noch hat mir keine ein Mädchen, geschweige denn einen Sohn und Stammhalter geschenkt. Die beiden früheren Weiber, von denen ich mich scheiden ließ, haben seither mit andern Männern aus Bosheit verschiedene Kinder gehabt, und die gegenwärtige, welche ich auch schon sieben Jahre besitze, würde es gewißlich gerade so machen, wenn ich sie laufen ließe.
Ihre Erscheinung, teurer Großneffe! hat mir nun eine Idee eingegeben, diejenige einer künstlichen Nachhilfe, wie sie in der Geschichte, in großen und kleinen Dynastien, vielfach gebraucht wurde. Was sagen Sie hiezu: Sie leben bei uns wie das Kind im Hause, ich setze Sie gerichtlich zu meinem Erben ein! Dagegen haben Sie zu leisten: Sie opfern äußerlich Ihre eigene Familienüberlieferung (sind Sie ja doch der Letzte Ihres Geschlechtes) und nehmen nach meinem Tode, d.h. bei Antritt des Erbes, meinen Namen an! Ich verbreite unterderhand das Gerücht, daß Sie ein natürlicher Sohn von mir seien, die Frucht eines tollen Jugendstreiches; Sie nehmen diese Auffassung an, widersprechen ihr nicht! Vielleicht läßt sich in der Folge eine schriftliche Kundgebung darüber aufsetzen, ein Memoire, ein kleiner Roman, eine denkwürdige Liebesgeschichte, worin ich eine feurige, wenn auch unbesonnene Figur mache, Unheil anrichte, das ich im Alter wiedergutmache. Endlich verpflichten Sie sich, diejenige Gattin von meiner Hand anzunehmen, die ich unter den angesehenen Töchtern der Stadt für Sie aussuchen werde, zur weiteren Verfolgung meines Zieles. Das ist im ganzen und im besondern mein Vorschlag!«
John war während dieser Rede abwechselnd rot und bleich geworden, aber nicht aus Scham und Schreck, sondern vor Freude und Erstaunen

über das endlich eingetroffene Glück und über seine eigene Weisheit, welche dasselbe herbeigeführt habe. Aber mitnichten ließ er sich davon überrumpeln, sondern er tat, als ob er sich nur schwer entschließen könnte wegen der Aufopferung seines ehrbaren Familiennamens und seiner ehelichen Geburt. Er nahm sich eine Bedenkzeit von vierundzwanzig Stunden, in höflichen und wohlgesetzten Worten, und fing darnach an, in dem schönen Garten höchst nachdenklich auf und ab zu spazieren. Die lieblichen Blumen, die Levkojen, Nelken und Rosen, die Kaiserkronen und Lilien, die Geranienbeete und Jasminlauben, die Myrten- und Oleanderbäumchen, alle äugelten ihn höflich an und huldigten ihm als ihrem Herren.

Als er eine halbe Stunde lang den Duft und Sonnenschein, den Schatten und die Frische des Brunnens genossen, ging er ernsthaft hinaus auf die Straße, um die Ecke, und trat in einen Gebäckladen, wo er drei warme Pastetchen samt zwei Spitzgläsern feinen Weines zu sich nahm. Hierauf kehrte er in den Garten zurück und spazierte abermals eine halbe Stunde, doch diesmal eine Zigarre dazu rauchend. Da entdeckte er ein Beet voll kleiner zarter Radieschen. Er zog ein Büschel davon aus der Erde, reinigte sie am Brunnen, dessen steinerne Tritonen ihn mit den Augen ergebenst anzwinkerten, und begab sich damit in ein kühles Bräuhaus, wo er einen Krug schäumendes Bier dazu trank. Er unterhielt sich vortrefflich mit den Bürgern und versuchte schon seinen Heimatdialekt in das weichere Schwäbische umzuwandeln, da er voraussichtlich unter diesen Leuten einen hervorragenden Mann abgeben würde.

Absichtlich versäumte er die Mittagsstunde und verspätete sich beim Essen. Um dort eine kritische Appetitlosigkeit durchzuführen, aß er vorher noch drei Münchner Weißwürste und trank einen zweiten Krug Bier, der ihm noch besser schmeckte als der erste. Endlich runzelte er doch seine Stirn und begab sich mit derselben zum Essen, wo er die Suppe anstarrte.

Das Männchen Litumlei, welches durch unerwartete Hindernisse einem leidenschaftlichen Eigensinn zu verfallen pflegte und keinen Widerspruch ertragen konnte, empfand schon zornige Angst, daß seine letzte Hoffnung, ein Geschlecht zu gründen, zu Wasser werde, und beobachtete den unbestechlichen Gast mit mißtrauischen Blicken. Endlich ertrug er die Ungewißheit, ob er ein Stammvater sein solle oder keiner, nicht länger, sondern forderte den Bedenkzeitler auf, jene vierundzwanzig Stunden abzukürzen und seinen Entschluß sogleich zu fassen. Denn er fürchtete, die strenge Tugend seines Vetters möchte mit jeder Stunde wachsen. Er holte eigenhändig eine uralte Flasche Rheinwein aus dem Keller, von welchem John noch keine Ahnung gehabt.

Als die entfesselten Sonnengeister unsichtbar über den Kristallgläsern dufteten, die gar fein erklangen, und mit jedem Tropfen des flüssigen Goldes, das man auf die Zunge brachte, schnell ein Blumengärtlein unter die Nase zu wachsen schien, da erweichte endlich der rauhe Sinn John Kabyssens, und er gab sein Jawort. Schnell wurde der Notar geholt und bei einem herrlichen Kaffee ein rechtsgültiges Testament aufgesetzt. Schließlich umarmten sich der künstlich-natürliche Sohn und der geschlechtergründende Erzvater; aber es war nicht wie eine warme Umarmung von Fleisch und Blut, sondern weit feierlicher, eher wie das Zusammenstoßen von zwei großen Grundsätzen, die auf ihren Wurfbahnen sich treffen.

Nun saß John im Glücke. Er hatte jetzt weiter nichts zu tun, als seiner angenehmen Bestimmung innezusein, etwas rücksichtsvoll sich gegen seinen Herren Vater zu benehmen und ein reichliches Taschengeld auf die Art zu verzehren, die ihm am meisten zusagte. Dies geschah alles auf die anständigste und ruhigste Weise, und er kleidete sich dabei wie ein Baron. Von Wertgegenständen brauchte er nicht einen einzigen mehr anzuschaffen; es zeigte sich jetzt sein Genie, indem die vor Jahren erworbenen auch jetzt noch gerade ausreichten und einem genau entworfenen Schema glichen, welches durch die Fülle des Glückes nun vollkommen gedeckt wurde. Die Schlacht von Waterloo blitzte und donnerte auf einer zufriedenen Brust; Ketten und Klunkern schaukelten sich auf einem wohlgefüllten Magen, durch die goldene Brille guckte ein vergnügtes und stolzes Auge, der Stock zierte mehr einen klugen Mann als er ihn stützte, und die schöne Zigarrentasche war mit guten Stengeln angefüllt, welche er aus dem Mazepparöhrchen mit Verstand rauchte. Das wilde Pferd war schon glänzend braun, der Mazeppa darauf aber erst hell rötlich, beinahe fleischfarbig, so daß das doppelte Kunstwerk des Schnitzers und des Rauchers die gerechte Bewunderung der Sachverständigen erregte. Auch Papa Litumlei wurde höchlich davon eingenommen und lernte bei seinem Pflegesöhnchen eifrig Meerschäume anrauchen. Es wurde eine ganze Sammlung solcher Pfeifen angeschafft; doch der Alte war zu unruhig und ungeduldig in der edlen Kunst; der Junge mußte überall nachhelfen und gutmachen, was jenem wiederum Achtung und Zutrauen einflößte. Jedoch fand sich bald eine noch wichtigere Tätigkeit für die beiden Männer vor, als der Papa darauf drang, nun gemeinschaftlich jenen Roman zu erfinden und aufzuschreiben, durch welchen John zu seinem natürlichen Sohn erhoben wurde. Es sollte ein geheimes Familiendokument werden in der Form fragmentarischer Denkwürdig-keiten. Um Eifersucht und Unruhe der Frau Litumlei zu verhüten, mußte es in geheimen Sitzungen abgefaßt und sollte ganz im stillen in das zu gründende Familienarchiv verschlossen werden, um erst in künftigen Zeiten, wenn das Geschlecht in Blüte stände, an das Tageslicht zu treten und von der Geschichte des Litumleiblutes zu reden.

John hatte sich schon vorgenommen, nach dem Absterben des Alten sich nicht schlechtweg Litumlei, sondern Kabys de Litumley zu nennen, da er für seinen eigenen Namen, den er so zierlich geschmiedet, eine verzeihliche Vorliebe hegte; ebenso nahm er sich vor, das zu errichtende Schriftstück, wodurch er um seine ehrliche Geburt und zu einer liederlichen Mutter kommen sollte, dereinst ohne weiteres zu verbrennen. Aber dennoch mußte er jetzt daran mitarbeiten, was eine leise Trübung seines Wohlseins verursachte. Doch schickte er sich weislich in die Sache und schloß sich eines Morgens mit dem Alten in einem Gartenzimmer ein, um das Werk zu beginnen. Da saßen sie nun an einem Tische sich gegenüber und entdeckten plötzlich, daß ihr Vorhaben schwieriger war, als sie gedacht, indem keiner von ihnen je hundert Zeilen nacheinander geschrieben hatte. Sie konnten durchaus keinen Anfang finden, und je näher sie die Köpfe zusammensteckten, desto weniger wollte ihnen etwas einfallen. Endlich besann sich der Sohn, daß sie eigentlich zuerst ein Buch starkes und schönes Papier haben müßten, um ein dauerhaftes Schriftstück zu errichten. Das leuchtete ein; sie machten sich sogleich auf, ein solches zu kaufen, und durchstreiften einträchtig die Stadt. Als sie gefunden, was sie suchten, rieten sie einander, da es ein warmer Tag war, in ein Schenkhaus zu gehen und sich allda zu erfrischen und zu sammeln. Vergnügt tranken sie mehrere Kännchen und aßen Nüsse, Brot, Würstchen, bis John plötzlich sagte, er hätte jetzt den Anfang der Geschichte erfunden und wolle stracks nach Hause laufen, um ihn aufzuschreiben, damit er ihn nicht wieder verliere. »So lauf nur schnell«, sagte der Alte, »ich will unterdessen hier die Fortsetzung erfinden, ich merke, daß sie mir schon auf dem Weg ist!«

John eilte wirklich mit dem Buch Papier nach jenem Zimmer und schrieb:

»Es war im Jahr 17.., als es ein gesegnetes Jahr war. Der Eimer Wein kostete 7 Gulden, der Eimer Apfelmost 1/2 Gulden und die Maß Kirschbranntwein 4 Batzen. Ein zweipfündiges Weißbrot 1 Batzen, ein dito Roggenbrot 1/2 Batzen und ein Sack Erdäpfel 8 Batzen. Auch war das Heu gut geraten und der Scheffel Haber kostete 2 Gulden. Auch waren die Erbsen und die Bohnen gut geraten, und der Flachs und Hanf waren nicht gut geraten, dagegen wieder die Ölfrüchte und der Talg oder Unschlitt, so daß alles in allem die merkwürdige Sachlage stattfand, daß die bürgerliche Gesellschaft gut genährt und getränkt, notdürftig gekleidet und wiederum wohl beleuchtet war.

So ging das Jahr ohne weiteres zu Ende, wo nun jedermann mit Recht neugierig war zu erleben, wie sich das neue Jahr anlassen würde. Der Winter bezeigte sich als ein gehöriger und regelrechter Winter, kalt und klar; eine warme Schneedecke lag auf den Feldern und schützte die junge Saat. Aber dennoch ereignete sich zuletzt etwas Seltsames. Es schneite, taute und fror wieder während des Monats Hornung in so häufigem Wechsel, daß nicht nur viele Menschen krank wurden, sondern auch eine solche Menge Eiszapfen entstand, daß das ganze Land aussah wie ein großes Glasmagazin und jedermann ein kleines Brett auf dem Kopfe trug, um von den fallenden Spitzen nicht angestochen zu werden. Im übrigen behaupteten sich die Preise der Lebensmittel noch immer wie oben bemerkt und schwankten endlich einem merkwürdigen Frühling entgegen.«

Hier kam der kleine Alte eifrig hergerannt, nahm den Bogen an sich, und ohne das bisher Geschriebene zu lesen oder etwas zu sagen, schrieb er weiter:

»Nun kam Er und hieß Adam Litumlei. Er verstand keinen Spaß und war geboren Anno 17... Er kam dahergestürmt wie ein Frühlingswetter. Er war einer von Denjenigen. Er trug einen roten Sammetrock, einen Federhut und einen Degen. Er trug eine goldene Weste mit dem Wahlspruch ›Jugend hat keine Tugend!‹. Er trug goldene Sporen und ritt auf einem weißen Hengst; er stellte denselben in den ersten Gasthof und rief: ›Ich kümmere mich den Teufel darum, denn es ist Frühling, und Jugend muß austoben!‹ Er zahlte alles bar, und alles wunderte sich über ihn. Er trank den Wein, er aß den Braten, er sagte: ›Das taugt mir alles nichts!‹ Ferner sagte er: ›Komm, du holdes Liebchen, du taugst mir besser als Wein und Braten, als Silber und Gold! Was kümmere ich mich darum? Denke, was du willst, was sein muß, muß sein!‹«

Hier blieb er plötzlich stecken und konnte durchaus nicht weiter. Sie lasen zusammen das Geschriebene, fanden es nicht übel und sammelten sich wieder während acht Tagen, wobei sie ein lockeres Leben führten; denn sie gingen öfter ins Bierhaus, um einen neuen Anlauf zu gewinnen; allein das Glück lachte nicht alle Tage. Endlich erwischte John wieder einen Zipfel, lief nach Hause und fuhr fort:

»Diese Worte richtete der junge Herr Litumlei nämlich an eine gewisse Jungfrau Liselein Federspiel, welche in den äußersten Häusern der Stadt wohnte, wo die Gärten sind und bald ein Wäldchen oder Hölzchen kommt. Dieses war eine der reizendsten Schönheiten, welche die Stadt je hervorgebracht hat, mit blauen Augen und kleinen Füßen. Sie war so schön gewachsen, daß sie kein Korsett brauchte und aus dieser Ersparnis, denn sie war arm, allmählich ein violettes Seidenkleid kaufen konnte. Aber alles dies war verklärt durch eine allgemeine Traurigkeit, welche nicht nur über die lieblichen

Gesichtszüge, sondern über die ganze Gliederharmonie des Fräulein Federspiel zitterte, daß man in aller Windstille die wehmütigen Akkorde einer Äolsharfe zu hören glaubte. Denn es war jetzt ein gar denkwürdiger Maimonat angebrochen, in welchem sich alle vier Jahreszeiten zusammenzudrängen schienen. Es gab im Anfang noch einen Schnee, daß die Nachtigallen mit Schneeflocken auf dem Kopfe sangen, als ob sie weiße Zipfelmützchen trügen; dann trat eine solche Wärme ein, daß die Kinder im Freien badeten und die Kirschen reiften, und die Chronik bewahrt davon den Reim auf:

Eis und Schnee,
Buben baden im See,
Reife Kirschen und blühender
Wein Mocht alles in einem Maimond sein.

Diese Naturerscheinungen machten die Menschen nachdenklich und wirkten auf verschiedene Weise. Die Jungfer Liselein Federspiel, welche besonders tiefsinnig war, grübelte auch nach und ward zum ersten Mal inne, daß sie ihr Wohl und Wehe, ihre Tugend und ihren Fall in der eigenen Hand trage, und indem sie nun die Waage hielt und diese verantwortliche Freiheit erwog, ward sie ebenso traurig darüber. Wie sie nun dastand, kam jener verwegene Rotrock und sagte unverweilt ›Federspiel, ich liebe dich!‹ Worüber sie durch eine sonderbare Fügung plötzlich ihren vorigen Gedankengang änderte und in ein helles Gelächter ausbrach.«

»Jetzt laß mich fortfahren!« rief der Alte, welcher erhitzt nachgelaufen kam und dem Jungen über die Schulter las, »es paßt mir nun eben recht!« und setzte die Geschichte folgendermaßen fort:

»›Da ist nichts zu lachen!‹ sagte jener, ›denn ich verstehe keinen Spaß!‹ Kurz, es kam, wie es kommen mußte; wo das Wäldchen auf der Höhe stand, saß mein Federspiel im Grünen und lachte noch immer; aber schon sprang der Ritter auf seinen Schimmel und flog so schnell in die Ferne, daß er durch die platzgreifende Luftperspektive in wenig Augenblicken ganz bläulich aussah. Er verschwand, kehrte nicht mehr zurück; denn er war ein Teufelsbraten!«

»Ha, nun ist's geschehen!« schrie Litumlei und warf die Feder hin, »nun habe ich das Meinige getan, führe du nun den Schluß herbei, ich bin ganz erschöpft von diesen höllischen Erfindungen! Beim Styx! Es nimmt mich nicht wunder, daß man die Ahnherren großer Häuser so hochhält und in Lebensgröße malt, da ich spüre, welche Mühe mich die Gründung des meinigen kostet! Aber habe ich das Ding nicht kühn behandelt?«

John schrieb weiter:

»Die arme Jungfer Federspiel empfand eine große Unzufriedenheit, als sie plötzlich vermerkte, daß der verführerische Jüngling entschwunden war, fast gleichzeitig mit dem denkwürdigen Maimonat. Doch hatte sie die Geistesgegenwart, schnell das Vorgefallene in ihrem Innern für ungeschehen zu erklären, um so den frühern Zustand einer gleichschwebenden Waage wiederherzustellen. Aber sie genoß dieses Nachspiel der Unschuld nur kurze Zeit. Der Sommer kam, man schnitt das Korn; es ward einem gelb vor den Augen, wohin man blickte, vor all dem goldnen Segen; die Preise gingen wieder bedeutend herunter, Liselein Federspiel stand auf jenem Hügel und schaute allem zu; aber sie sah nichts vor lauter Verdruß und Reue. Es kam der Herbst, jeder Weinstock war ein fließender Brunnen, vom Fallen der Äpfel und Birnen trommelte es fortwährend auf der Erde; man trank, man sang, kaufte und verkaufte. Jeder versorgte sich, das ganze Land war ein Jahrmarkt, und so reichlich und wohlfeil alles war, so wurde doch das Überflüssige noch gelobt und gehätschelt und dankbar angenommen. Nur allein der Segen, den Liselein brachte, sollte nichts gelten und keiner Nachfrage wert sein, als ob der im Überfluß schwimmende Menschenhaufen nicht ein einziges Mäulchen mehr brauchen könnte. Da hüllte sie sich in ihre Tugend und gebar, einen Monat zu früh, ein munteres Knäblein, welches so recht darauf angewiesen war, der Schmied seines eigenen Glückes zu werden.

Dieser Sohn führte sich auch so wacker durch ein vielbewegtes Leben, daß er, durch wunderbare Schicksale endlich mit seinem Vater vereinigt, von demselben zu Ehren gezogen und in seine Rechte eingesetzt wurde, und ist dies der zweite bekannte Stammherr des Geschlechtes der Litumlei.«

Unter dieses Dokument schrieb der Alte: »Eingesehen und bestätigt, Johann Polykarpus Adam Litumlei.« Und John unterschrieb ebenfalls. Dann drückte Herr Litumlei noch sein Siegel bei, dessen Wappenschild drei halbe goldene Fischangeln im blauen Felde und sieben weiß und rot quadrierte Bachstelzen auf einem schräglaufenden grünen Balken zeigte.

Sie wunderten sich aber, daß das Schriftstück nicht größer geworden; denn sie hatten kaum einen Bogen von dem Buch Papier beschrieben. Nichtsdestoweniger legten sie es in das Archiv, wozu sie einstweilen eine alte eiserne Kiste bestimmten, und waren zufrieden und guter Dinge.

Unter solchen und andern Beschäftigungen verging die Zeit auf das angenehmste; es wurde dem glückhaften John beinahe unheimlich, daß es auch gar nichts mehr zu hoffen und zu fürchten, zu schmieden und zu spekulieren gab. Indem er sich so nach neuer Tätigkeit umsah, wollte es ihn bedünken, daß die Gemahlin des Hausherren ein etwas unzufriedenes und verdächtiges Gesicht gegen ihn zeige; es dünkte ihn nur, bestimmt konnte er es nicht behaupten. Er hatte diese Frau, welche fast immer schlief oder, wenn sie wachte, etwas Gutes aß, über seinen anderweitigen Bestrebungen wenig beachtet, da sie sich in nichts mischte und mit allem zufrieden schien, wenn ihre Ruhe nicht gestört wurde. Jetzt fürchtete er plötzlich, sie könnte ihm irgendeine nachteilige Wandlung der Dinge bereiten, ihren Mann umstimmen und dergleichen.

Er legte den Finger an die Nase und sagte: »Halt! Hier dürfte es geraten sein, dem Werke noch die letzte Feile zu geben! Wie konnte ich nur diese wichtige Partie so lange aus den Augen setzen! Gut ist gut, aber besser ist besser!«

Der Alte war eben fort, um im stillen an der Ausmittelung einer zweckmäßigen Gattin für seinen Stammhalter tätig zu sein, wovon er selbst diesem nichts verriet. John beschloß unverweilt, sich zu der Dame zu begehen mit der unbestimmten Vorstellung, ihr auf irgendeine Weise den Hof zu machen und sich bei ihr einzuschmeicheln, um das Versäumte nachzuholen. Er säuselte ehrbarlich die Treppe hinunter bis zu dem Gemach, wo sie sich aufzuhalten pflegte, und fand wie gewöhnlich die Türe halb offenstehen; denn sie wer bei aller Trägheit neugierig und liebte immer gleich zu hören, was vorging.

Er trat vorsichtig hinein und sah sie wieder schlummernd daliegen, ein halb aufgegessenes Himbeertörtchen in der Hand. Ohne recht zu wissen, was eigentlich beginnen, ging er endlich auf den Zehen hin, ergriff ihre runde Hand und küßte sie ehrerbietig. Sie regte sich nicht im mindesten; doch öffnete sie die Augen zur Hälfte und sah ihn, ohne den Mund zu verziehen, mit einem höchst seltsamen Blick an, solang er dastand. Verblüfft und stotternd zog er sich endlich zurück und lief in sein Zimmer. Dort setzte er sich in eine Ecke, jenen Blick aus schmaler Augenzwinkerung immer vor sich. Er eilte wieder hinunter, die Frau verhielt sich unbeweglich wie vorhin, und wie er näher trat, taten sich die Augen wieder halb auf. Wiederum zog er sich zurück, wiederum saß er in der Ecke seiner Kammer, zum dritten Mal fuhr er in die Höhe, stieg die Treppe hinunter, huschte hinein und blieb nun dort, bis der Patriarch nach Hause kehrte.

Es verging nun kaum ein Tag, wo die zwei Leute sich nicht zusammenzutun und den Alten zu hintergehen wußten, daß es eine Art hatte. Die schläfrige Frau wurde auf einmal munter in ihrer Weise; John aber ergab sich dem leidenschaftlichsten Undank gegen seinen Wohltäter, immer in der Absicht, seine Stellung zu befestigen und das Glück recht an die Wand zu nageln.

Beide Sünder taten indessen nur um so freundlicher und ergebener gegen den betrogenen Litumlei, der dabei sich ganz behaglich fühlte und sein Haus auf das beste bestellt zu haben glaubte, so daß man nicht entscheiden konnte, welcher von beiden Herren mehr mit sich zufrieden war. Eines Morgens schien jedoch der Alte den Sieg davonzutragen infolge einer vertraulichen Unterredung, welche seine Frau mit ihm gepflogen; denn er ging ganz sonderbar herum, stand keinen Augenblick still und suchte fortwährend allerlei Sätzchen zu pfeifen, was aber wegen Mangels an Zähnen nicht gelang. Er schien um mehrere Zoll gewachsen zu sein über Nacht, kurz, er war der Inbegriff der Selbstzufriedenheit. Aber denselben Tag noch neigte sich der Sieg wieder auf die Seite des Jüngern, als ihn der Alte unversehens frug, ob er nicht Lust habe, eine tüchtige Reise zu machen, um auch noch die Welt ein wenig kennenzulernen und besonders auch, indem er sich selber bilde, die verschiedenen Arten der Jugenderziehung in den Ländern in Betracht zu nehmen und sich über die diesfalls herrschenden Grundsätze zu unterrichten, namentlich mit Bezug auf die vornehmeren Stände?

Nichts konnte ihm willkommener sein als solch herrlicher Antrag, und freudig genehmigte er denselben. Er wurde schnell für die Reise ausgerüstet und mit Wechseln versehen, und er fuhr in höchster Gloria davon. Zuerst bereiste er Wien, Dresden, Berlin und Hamburg; dann wagte er sich nach Paris, und überall führte er ein prächtiges und weises Leben. Er patrouillierte alle Vergnügungsorte, Sommertheater und Spektakelplätze ab, lief durch die Raritätenkammern der Schlösser und stand allmittags in der Sonnenhitze auf den Paradeplätzen, um die Musik zu hören und die Offiziere anzugaffen, eh er zur Tafel ging. Wenn er all die Herrlichkeiten unter tausend andern Menschen mit ansah, so wurde er ganz stolz und schrieb sich von allem Glanz und Getön das alleinige Verdienst zu, jeden für einen unwissenden Tropf haltend, der nicht dabei war. Mit dem behenden Genießen verband er aber die größte Weisheit, um seinem Wohltäter zu zeigen, daß er keinen Hasen auf Reisen geschickt habe. Keinem Bettler gab er etwas, keinem armen Kinde kaufte er je etwas ab, den Dienstbaren in den Gasthäusern wußte er beharrlich mit dem Trinkgelde durchzugehen, ohne Schaden zu leiden, und um jeden Dienst feilschte er lange, ehe er ihn annahm. Am meisten Spaß machte ihm das Vexieren und Foppen der verlorenen Wesen, mit denen er sich im Vereine mit zwei oder drei Gleichgesinnten auf den öffentlichen Bällen unterhielt. Mit einem Wort er lebte so sicher und vergnügt wie ein alter Weinreisender.

Zum Schlusse konnte er sich nicht versagen, einen Abstecher nach seiner Heimat Seldwyla zu machen. Dort logierte er im ersten Gasthof, saß geheimnisvoll und einsilbig an der Mittagstafel und ließ seine

Mitbürger sich die Köpfe darüber zerbrechen, was aus ihm geworden sei. Sie waren überzeugt, daß nicht viel hinter der Sache stecke, und doch lebte er zur Zeit unzweifelhaft im Wohlstand, so daß sie einstweilen ihren Spott zurückhielten und mit krausen Nasenflügeln nach dem Golde blinzelten, das er sehen ließ. Er aber regulierte sie nicht mit einer einzigen Flasche Wein, obgleich er vor ihren Augen vom besten trank und sann, wie er ihnen noch Weiteres antun könne.

Da gedachte er, am Ende seiner Reise, plötzlich des Auftrages, der ihm zur Erforschung des Erziehungswesens in den durchreisten Ländern geworden, um die Grundsätze festzustellen, nach welchen die Kinder des von Litumlei gegründeten und von Kabys fortzupflanzenden Geschlechtes erzogen werden sollten. Diese Aufgabe in Seldwyla zu lösen kam ihm nun trefflich zustatten, da er, in den Mantel einer höheren Mission gehüllt, als eine Art Edukationsrat auftreten und die Seldwyler noch mehr foppen konnte. Er kam auch gerade vor die rechte Schmiede. Denn seit einiger Zeit schon waren sie auf einen herrlichen Erwerbszweig geraten, indem sie alle ihre Mädchen zu Erzieherinnen machten und versandten. Kluge und unkluge, gesunde und kränkliche Kinder wurden in dieser Weise zubereitet in eigenen Anstalten und für alle Bedürfnisse. Wie man Forellen verschiedentlich behandelt, sie blau absiedet oder backt oder spickt usw., so wurden die guten Mädchen entweder mehr positiv christlich oder mehr weltlich, mehr für die Sprachen oder mehr für die Musik, für vornehme Häuser oder für mehr bürgerliche Familien zugerichtet, je nach der Weltgegend, für welche sie bestimmt waren und von wo die Nachfrage kam. Das Seltsame dabei war, daß die Seldwyler für alle diese verschiedenen Zweckbestimmungen sich vollkommen neutral und gleichgültig verhielten und auch von den betreffenden Lebenskreisen durchaus keine Kenntnis besaßen, und der gute Absatz ließ sich nur dadurch erklären, daß die Abnehmer des Exportartikels ebenso gleichgültig und kenntnislos waren. Ein Seldwyler, der den unversöhnlichsten Kirchenfeind spielte, konnte seine nach England bestimmten Kinder auf Gebet und Sonntagsheiligung einüben lassen; ein anderer, der in öffentlichen Reden von der edlen Stauffacherin, der Zierde des freien Schweizerhauses, schwärmte, hatte seine fünf oder sechs Töchter nach den russischen Steppen oder in andere unwirtliche Gegenden verbannt, wo sie in ferner Trostlosigkeit schmachteten.

Die Hauptsache war, daß die wackeren Bürger die armen Wesen so bald als möglich, mit einem Reisepaß und Regenschirm versehen, hinausjagen und mit dem heimgesandten Erwerbe derselben sich gütlich tun konnten.

Aus alledem war aber bald eine gewisse Überlieferung und Geschicklichkeit für die äußerliche Zurichtung der Mädchen entstanden, und John Kabys hatte vollauf zu tun, die kuriosen Grundsätze, die hierin walteten, mit noch kurioserer Auffassungsgabe einzusammeln und sich zu notieren. Er ging in den verschiedenen Fabriklein herum, wo die Mädchen zubereitet wurden, befragte Vorsteherinnen und Lehrer und suchte sich vorzüglich ein Bild davon zu entwerfen, wie die Erziehung eines Knäbchens in einem großen Hause von Anfang an standesmäßig betrieben würde, und zwar so recht auf Kosten der hiefür bezahlten Leute und ohne Mühsal noch Verdruß der Eltern.

Hierüber fertigte er ein merkwürdiges Memorandum an, welches in einigen Tagen, dank seinen fleißigen Notizen, zu mehreren Bogen anschwoll und mit dem er sich aufsehenerregend beschäftigte. Er verwahrte die Schrift zusammengerollt in einer runden Blechkapsel und trug dieselbe an einem Lederriemchen beständig an der Hüfte. Als aber die Seldwyler das bemerkten, glaubten sie, er sei abgesandt, ihnen das Geheimnis ihrer Industrie abzustehlen und in das Ausland zu verpflanzen. Sie erbosten sich über ihn und trieben ihn drohend und scheltend davon.

Erfreut, daß er sie habe ärgern können, reiste er ab und langte endlich in Augsburg an, gesund und fröhlich wie ein junger Hecht. Er trat wohlgemut ins Haus und fand dasselbe ebenso froh belebt. Eine muntere schöne Landfrau mit hohem Busen war das erste, was er antraf; sie trug eine Schüssel mit warmem Wasser, und er hielt sie für eine neue Köchin und betrachtete sie vorläufig nicht ohne Wohlgefallen. Doch drängte es ihn, die Hausfrau schnell zu begrüßen; allein sie war nicht zu sprechen und lag im Bett, obgleich das Haus von einem seltsamen Geräusch widerhallte. Dieses rührte vom alten Litumlei her, welcher herumrannte, sang, rief, lachte und krakeelte und endlich zum Vorschein kam, blasend, pustend, die Augen rollend und ganz rot vor Freude, Stolz und Hochmut. Ausgelassen und würdeatmend zugleich hieß er seinen Günstling willkommen und eilte wieder davon, um etwas anderes zu verrichten; denn er schien alle Hände voll zu tun zu haben.

Zwischendurch ließ sich von einer Gegend her wiederholt ein gedämpftes Quieken vernehmen wie von einem Kreuzertrompetchen; die vollbusige Bäuerin ging wieder über die Szene mit einer Handvoll weißer Tüchelchen und rief aus ihrer weißen Kehle: »Gleich, mein Schätzchen! gleich, mein Bübchen!«

»Daß dich!« sagte John, »was ist das für ein leckerer Bissen!«

Aber er horchte wieder auf jenes Quieken, das sich fort und fort vernehmen ließ.

»Nun?« rief Litumlei, der wieder hergeträppelt kam, »singt der Vogel nicht schön? Was sagst du dazu, mein Bursche?«

»Welcher Vogel?« fragte John.

»Ei, Herr Jesus! Du weißt am Ende noch gar nichts?« rief der Alte; »ein Sohn ist uns allendlich geboren, ein Stammhalter, so munter wie ein Ferkel, liegt uns in der Wiege! Alle meine Wünsche, meine alten Pläne sind erfüllt!«

Der Schmied seines Glückes stand wie eine Bildsäule, ohne jedoch die Folgen des Ereignisses schon zu übersehen, so einfach sie auch sein mochten; er fühlte nur, daß es ihm höchst widerstrebend zu Mute war, machte ganz runde Augen und spitzte den Mund, wie wenn er einen Igel küssen müßte.

»Nun«, fuhr der vergnügte Alte fort, »sei nur nicht zu verdrießlich! Etwas verändert wird allerdings unser Verhältnis, habe auch bereits das Testament umgestoßen und verbrannt sowie jenen lustigen Roman, dessen wir nun nicht mehr bedürfen! Du aber bleibst im Hause, du sollst bei der Erziehung meines Sohnes die Oberleitung übernehmen, du sollst mein Rat sein und mein Helfer in allen Dingen, und es soll dir nichts abgehen, solang ich lebe! Nun ruh dich aus, ich muß dem kleinen Kreuzkerl einen rechten Namen zusammensuchen! Schon dreimal hab ich den Kalender durchgesehen, will jetzt noch eine alte Chronik durchstöbern, dort gibt's so alte Stammbäume mit ganz merkwürdigen Taufnamen!«

John begab sich endlich auf sein Zimmer und setzte sich in jene Ecke; die Blechkapsel mit der Erziehungsdenkschrift hatte er noch umhängen, und er hielt sie unbewußt zwischen den Knien. Er sah die Sachlage ein, er verwünschte die böse Frau, welche ihm diesen Streich gespielt und einen Erben untergeschoben; er verwünschte den Alten, der da glaubte, er hätte einen rechtmäßigen Sohn; nur sich selbst verwünschte er nicht, der doch der wirkliche und alleinige Urheber des kleinen Schreiers war und sich so selbst enterbt hatte. Er zappelte in einem unzerreißlichen Netze, rannte aber wieder nach dem Alten, um ihm törichterweise die Augen zu öffnen.

»Glauben Sie denn wirklich«, sagte er mit gedämpfter Stimme zu ihm, »daß das Kind das Ihrige sei?«

»Wie, was?« sagte Herr Litumlei und sah von seiner Chronik auf.

John fuhr fort, in abgebrochenen Redensarten ihm zu verstehen zu geben, daß er selbst ja nie imstande gewesen sei, Vater zu werden, daß seine Frau wahrscheinlich sich eine Untreue habe zuschulden kommen lassen usf.

Sobald ihn das kleine Männchen ganz verstand, fuhr es wie besessen in die Höhe, stampfte auf den Boden, schnaubte und schrie endlich: »Aus den Augen mir, undankbares Scheusal, verleumderischer Schuft! Warum sollte ich nicht imstande sein, einen Sohn zu haben? Sprich, Elender! Ist das der Dank für meine Wohltaten, daß du die Ehre meines Weibes und meine eigene Ehre begeiferst mit deiner niederträchtigen Zunge? Welch ein Glück, daß ich noch rechtzeitig erkenne, welch eine Schlange ich an meinem Busen genährt habe! Wie werden doch solche große Stammhäuser gleich in der Wiege schon vom Neid und von der Selbstsucht attackiert! Fort! aus dem Hause mit dir von Stund an!«

Er lief zitternd vor Wut nach seinem Schreibtische, nahm eine Handvoll Goldstücke, wickelte sie in ein Papier und warf es dem Unglücklichen vor die Füße.

»Hier ist noch ein Zehrpfennig, und damit fort auf immer!« Hiemit entfernte er sich, immer zischend wie eine Schlange.

John hob das Päcklein auf, ging aber nicht aus dem Hause, sondern schlich auf seine Kammer, mehr tot als lebendig, zog sich aus bis auf das Hemde, obschon es noch nicht Abend war, und legte sich ins Bett, schlotternd und erbärmlich stöhnend. In allem Jammer zählte er, da er keinen Schlaf finden konnte, das erhaltene Geld und das, welches er auf der Reise in oben beschriebener Weise erspart. »Unnütz!« sagte er, »ich denke nicht daran, fortzugehen, ich will und muß hierbleiben!«

Da klopften zwei Polizeimänner an die Türe, traten herein und hießen ihn aufstehen und sich anziehen. Voll Angst und Schrecken tat er es; sie befahlen ihm, seine Sachen zusammenzupacken; es war aber alles noch auf das schönste beisammen, da er seine Reisekoffer noch gar nicht geöffnet hatte. Darauf führten sie ihn aus dem Hause; ein Knecht trug die Sachen nach, setzte sie auf die Straße und schloß die Türe vor seiner Nase zu. Hierauf lasen ihm die Männer von einem Papier ein Verbot vor, bei Strafe nicht mehr dies Haus zu betreten. Dann gingen sie fort; er aber blickte nochmals an das Haus seines verlorenen Glückes hinauf, als eben einer der hohen Fensterflügel sich ein wenig öffnete, jene hübsche Amme eine in ländlicher Weise dort getrocknete Windel hereinlangte und gleichzeitig das Stimmchen des Kindes sich wieder vernehmen ließ.

Da floh er endlich mit seiner Habe in einen Gasthof, zog sich dort wiederum aus und legte sich nun ungestört ins Bett.

Am andern Tage lief er aus Verzweiflung noch zu einem Advokaten, um zu erfahren, ob denn gar nichts mehr zu machen sei? Sobald der aber seine Rede halb angehört, rief er zornig: »Machen Sie, daß Sie fortkommen, Sie Esel, mit Ihrer einfältigen Erbschleicherei, oder ich lasse Sie verhaften!«

Ganz verstürmt reisete er allendlich nach seinem guten Seldwyla, wo er erst vor einigen Tagen gewesen war. Er setzte sich wieder in den Gasthof und zehrte einige Zeit nachdenklich von seiner Barschaft, und je mehr sie sich verminderte, desto kleinlauter wurde er. Humoristisch gesellten sich die Seldwyler zu ihm, und als sie, da er nun zugänglicher geworden, sein Schicksal so ziemlich erforscht hatten und ihn im Besitze seines abnehmenden kleinen Vermögens sahen, verkauften sie ihm eine kleine alte Nagelschmiede vor dem Tore, die gerade feilstand und, wie sie sagten, ihren Mann nährte. Er mußte aber, um den Kaufschilling vollzumachen, alle seine Attribute und Kleinode veräußern, was er um so leichter tat, als er nun keine Hoffnung mehr auf diese Dinge setzte; sie hatten ihn ja immer betrogen, und er mochte nicht mehr um sie Sorge tragen.

Mit der Nagelschmiede, in der zwei oder drei Arten einfacher Nägel gemacht wurden, ging ein alter Geselle in den Kauf, von dem der neue Inhaber die Hantierung selbst ohne viel Mühe erlernte und dabei noch ein wackerer Nagelschmied wurde, der erst in leidlicher, dann in ganzer Zufriedenheit so dahinhämmerte, als er das Glück einfacher und unverdrossener Arbeit spät kennenlernte, das ihn wahrhaft aller Sorge enthob und von seinen schlimmen Leidenschaften reinigte.

Dankbarlich ließ er schöne Kürbisstauden und Winden an dem niedrigen schwärzlichen Häuschen emporranken, das außerdem von einem großen Holunderbaum überschattet war und dessen Esse immer ein freundliches Feuerlein hegte.

Nur in stillen Nächten bedachte er etwa noch sein Schicksal, und einigemal, wenn der Jahrestag wiederkehrte, wo er die Dame Litumlei bei dem Himbeertörtchen gefunden hatte, stieß der Schmied seines Glückes den Kopf gegen die Esse, aus Reue über die unzweckmäßige Nachhilfe, welche er seinem Glück hatte geben wollen.

Allein auch diese Anwandlungen verloren sich allmählich, je besser die Nägel gerieten, welche er schmiedete.

Spiegel, das Kätzchen

Ein Märchen

Wenn ein Seldwyler einen schlechten Handel gemacht hat oder angeführt worden ist, so sagt man zu Seldwyla: Er hat der Katze den Schmer abgekauft! Dies Sprichwort ist zwar auch anderwärts gebräuchlich, aber nirgends hört man es so oft wie dort, was vielleicht daher rühren mag, daß es in dieser Stadt eine alte Sage gibt über den Ursprung und die Bedeutung dieses Sprichwortes.

Vor mehreren hundert Jahren, heißt es, wohnte zu Seldwyla eine ältliche Person allein mit einem schönen, grau und schwarzen Kätzchen, welches in aller Vergnügtheit und Klugheit mit ihr lebte und niemandem, der es ruhig ließ, etwas zuleide tat. Seine einzige Leidenschaft war die Jagd, welche es jedoch mit Vernunft und Mäßigung befriedigte, ohne sich durch den Umstand, daß diese Leidenschaft zugleich einen nützlichen Zweck hatte und seiner Herrin wohlgefiel, beschönigen zu wollen und allzusehr zur Grausamkeit hinreißen zu lassen. Es fing und tötete daher nur die zudringlichsten und frechsten Mäuse, welche sich in einem gewissen Umkreise des Hauses betreten ließen, aber diese dann mit zuverlässiger Geschicklichkeit; nur selten verfolgte es eine besonders pfiffige Maus, welche seinen Zorn gereizt hatte, über diesen Umkreis hinaus und erbat sich in diesem Falle mit vieler Höflichkeit von den Herren Nachbaren die Erlaubnis, in ihren Häusern ein wenig mausen zu dürfen, was ihm gerne gewährt wurde, da es die Milchtöpfe stehenließ, nicht an die Schinken hinaufsprang, welche etwa an den Wänden hingen, sondern seinem Geschäfte still und aufmerksam oblag und, nachdem es dieses verrichtet, sich mit dem Mäuslein im Maule anständig entfernte. Auch war das Kätzchen gar nicht scheu und unartig, sondern zutraulich gegen jedermann und floh nicht vor vernünftigen Leuten; vielmehr ließ es sich von solchen einen guten Spaß gefallen und selbst ein bißchen an den Ohren zupfen, ohne zu kratzen; dagegen ließ es sich von einer Art dummer Menschen, von welchen es behauptete, daß die Dummheit aus einem unreifen und nichtsnutzigen Herzen käme, nicht das mindeste gefallen und ging ihnen entweder aus dem Wege oder versetzte ihnen einen ausreichenden Hieb über die Hand, wenn sie es mit einer Plumpheit molestierten.

Spiegel, so war der Name des Kätzchens wegen seines glatten und glänzenden Pelzes, lebte so seine Tage heiter, zierlich und beschaulich dahin, in anständiger Wohlhabenheit und ohne Überhebung.

Er saß nicht zu oft auf der Schulter seiner freundlichen Gebieterin, um ihr die Bissen von der Gabel wegzufangen, sondern nur, wenn er merkte, daß ihr dieser Spaß angenehm war; auch lag und schlief er den Tag über selten auf seinem warmen Kissen hinter dem Ofen, sondern hielt sich munter und liebte es eher, auf einem schmalen Treppengeländer oder in der Dachrinne zu liegen und sich philosophischen Betrachtungen und der Beobachtung der Welt zu überlassen. Nur jeden Frühling und Herbst einmal wurde dies ruhige Leben eine Woche lang unterbrochen, wenn die Veilchen blühten oder die milde Wärme des Alteweibersommers die Veilchenzeit nachäffte. Alsdann ging Spiegel seine eigenen Wege, streifte in verliebter Begeisterung über die fernsten Dächer und sang die allerschönsten Lieder. Als ein rechter Don Juan bestand er bei Tag und Nacht die bedenklichsten Abenteuer, und wenn er sich zur Seltenheit einmal im Hause sehen ließ, so erschien er mit einem so verwegenen, burschikosen, ja liederlichen und zerzausten Aussehen, daß die stille Person, seine Gebieterin, fast unwillig ausrief: »Aber Spiegel! Schämst du dich denn nicht, ein solches Leben zu führen?« Wer sich aber nicht schämte, war Spiegel; als ein Mann von Grundsätzen, der wohl wußte, was er sich zur wohltätigen Abwechslung erlauben durfte, beschäftigte er sich ganz ruhig damit, die Glätte seines Pelzes und die unschuldige Munterkeit seines Aussehens wiederherzustellen, und er fuhr sich so unbefangen mit dem feuchten Pfötchen über die Nase, als ob gar nichts geschehen wäre.

Allein dies gleichmäßige Leben nahm plötzlich ein trauriges Ende. Als das Kätzchen Spiegel eben in der Blüte seiner Jahre stand, starb die Herrin unversehens an Altersschwäche und ließ das schöne Kätzchen herrenlos und verwaist zurück. Es war das erste Unglück, welches ihm widerfuhr, und mit jenen Klagetönen, welche so schneidend den bangen Zweifel an der wirklichen und rechtmäßigen Ursache eines großen Schmerzes ausdrücken, begleitete es die Leiche bis auf die Straße und strich den ganzen übrigen Tag ratlos im Hause und rings um dasselbe her. Doch seine gute Natur, seine Vernunft und Philosophie geboten ihm bald, sich zu fassen, das Unabänderliche zu tragen und seine dankbare Anhänglichkeit an das Haus seiner toten Gebieterin dadurch zu beweisen, daß er ihren lachenden Erben seine Dienste anbot und sich bereit machte, denselben mit Rat und Tat beizustehen, die Mäuse ferner im Zaume zu halten und überdies ihnen manche gute Mitteilung zu machen, welche die Törichten nicht verschmäht hätten, wenn sie eben nicht unvernünftige Menschen gewesen wären.

Aber diese Leute ließen Spiegel gar nicht zu Worte kommen, sondern warfen ihm die Pantoffeln und das artige Fußschemelchen der Seligen an den Kopf, sooft er sich blicken ließ, zankten sich acht Tage lang untereinander, begannen endlich einen Prozeß und schlossen das Haus bis auf weiteres zu, so daß nun gar niemand darin wohnte.

Da saß nun der arme Spiegel traurig und verlassen auf der steinernen Stufe vor der Haustüre und hatte niemand, der ihn hineinließ. Des Nachts begab er sich wohl auf Umwegen unter das Dach des Hauses, und im Anfang hielt er sich einen großen Teil des Tages dort verborgen und suchte seinen Kummer zu verschlafen; doch der Hunger trieb ihn bald an das Licht und nötigte ihn, an der warmen Sonne und unter den Leuten zu erscheinen, um bei der Hand zu sein und zu gewärtigen, wo sich etwa ein Maulvoll geringer Nahrung zeigen möchte. Je seltener dies geschah, desto aufmerksamer wurde der gute Spiegel, und alle seine moralischen Eigenschaften gingen in dieser Aufmerksamkeit auf, so daß er sehr bald sich selber nicht mehr gleichsah. Er machte zahlreiche Ausflüge von seiner Haustüre aus und stahl sich scheu und flüchtig über die Straße, um manchmal mit einem schlechten unappetitlichen Bissen, dergleichen er früher nie angesehen, manchmal mit gar nichts zurückzukehren. Er wurde von Tag zu Tag magerer und zerzauster, dabei gierig, kriechend und feig; all sein Mut, seine zierliche Katzenwürde, seine Vernunft und Philosophie waren dahin. Wenn die Buben aus der Schule kamen, so kroch er in einen verborgenen Winkel, sobald er sie kommen hörte, und guckte nur hervor, um aufzupassen, welcher von ihnen etwa eine Brotrinde wegwürfe, und merkte sich den Ort, wo sie hinfiel. Wenn der schlechteste Köter von weitem ankam, so sprang er hastig fort, während er früher gelassen der Gefahr ins Auge geschaut und böse Hunde oft tapfer gezüchtigt hatte. Nur wenn ein grober und einfältiger Mensch daherkam, dergleichen er sonst klüglich gemieden, blieb er sitzen, obgleich das arme Kätzchen mit dem Reste seiner Menschenkenntnis den Lümmel recht gut erkannte; allein die Not zwang Spiegelchen, sich zu täuschen und zu hoffen, daß der Schlimme ausnahmsweise einmal es freundlich streicheln und ihm einen Bissen darreichen werde. Und selbst wenn es statt dessen nun doch geschlagen oder in den Schwanz gekniffen wurde, so kratzte er nicht, sondern duckte sich lautlos zur Seite und sah dann noch verlangend nach der Hand, die es geschlagen und gekniffen und welche nach Wurst oder Hering roch.

Als der edle und kluge Spiegel so heruntergekommen war, saß er eines Tages ganz mager und traurig auf seinem Steine und blinzelte in der Sonne. Da kam der Stadthexenmeister Pineiß des Weges, sah das Kätzchen und stand vor ihm still.

Etwas Gutes hoffend, obgleich es den Unheimlichen wohl kannte, saß Spiegelchen demütig auf dem Stein und erwartete, was der Herr Pineiß etwa tun oder sagen würde. Als dieser aber begann und sagte »Na, Katze! Soll ich dir deinen Schmer abkaufen?« da verlor es die Hoffnung, denn es glaubte, der Stadthexenmeister wolle es seiner Magerkeit wegen verhöhnen. Doch erwiderte er bescheiden und lächelnd, um es mit niemand zu verderben: »Ach, der Herr Pineiß belieben zu scherzen!« – »Mitnichten!« rief Pineiß, »es ist mir voller Ernst! Ich brauche Katzenschmer vorzüglich zur Hexerei; aber er muß mir vertragsmäßig und freiwillig von den werten Herren Katzen abgetreten werden, sonst ist er unwirksam. Ich denke, wenn je ein wackeres Kätzlein in der Lage war, einen vorteilhaften Handel abzuschließen, so bist es du! Begib dich in meinen Dienst; ich füttere dich herrlich heraus, mache dich fett und kugelrund mit Würstchen und gebratenen Wachteln. Auf dem ungeheuer hohen alten Dache meines Hauses, welches nebenbei gesagt das köstlichste Dach von der Welt ist für eine Katze, voll interessanter Gegenden und Winkel, wächst auf den sonnigsten Höhen treffliches Spitzgras, grün wie Smaragd, schlank und fein in den Lüften schwankend, dich einladend, die zartesten Spitzen abzubeißen und zu genießen, wenn du dir an meinen Leckerbissen eine leichte Unverdaulichkeit zugezogen hast. So wirst du bei trefflicher Gesundheit bleiben und mir dereinst einen kräftigen brauchbaren Schmer liefern!«

Spiegel hatte schon längst die Ohren gespitzt und mit wässerndem Mäulchen gelauscht; doch war seinem geschwächten Verstande die Sache noch nicht klar, und er versetzte daher »Das ist soweit nicht übel, Herr Pineiß! Wenn ich nur wüßte, wie ich alsdann, wenn ich doch, um Euch meinen Schmer abzutreten, mein Leben lassen muß, des verabredeten Preises habhaft werden und ihn genießen soll, da ich nicht mehr bin?« – »Des Preises habhaft werden?« sagte der Hexenmeister verwundert, »den Preis genießest du ja eben in den reichlichen und üppigen Speisen, womit ich dich fett mache, das versteht sich von selber! Doch will ich dich zu dem Handel nicht zwingen!« Und er machte Miene, sich von dannen begeben zu wollen. Aber Spiegel sagte hastig und ängstlich: »Ihr müßt mir wenigstens eine mäßige Frist gewähren über die Zeit meiner höchsten erreichten Rundheit und Fettigkeit hinaus, daß ich nicht so jählings von hinnen gehen muß, wenn jener angenehme und ach! so traurige Zeitpunkt herangekommen und entdeckt ist!«

»Es sei!« sagte Herr Pineiß mit anscheinender Gutmütigkeit, »bis zum nächsten Vollmond sollst du dich alsdann deines angenehmen Zustandes erfreuen dürfen, aber nicht länger!

Denn in den abnehmenden Mond hinein darf es nicht gehen, weil dieser einen vermindernden Einfluß auf mein wohlerworbenes Eigentum ausüben würde.«

Das Kätzchen beeilte sich zuzuschlagen und unterzeichnete einen Vertrag, welchen der Hexenmeister im Vorrat bei sich führte, mit seiner scharfen Handschrift, welche sein letztes Besitztum und Zeichen besserer Tage war.

»Du kannst dich nun zum Mittagessen bei mir einfinden, Kater!« sagte der Hexer, »Punkt zwölf Uhr wird gegessen!« – »Ich werde so frei sein, wenn Ihr's erlaubt!« sagte Spiegel und fand sich pünktlich um die Mittagsstunde bei Herrn Pineiß ein. Dort begann nun während einiger Monate ein höchst angenehmes Leben für das Kätzchen; denn es hatte auf der Welt weiter nichts zu tun, als die guten Dinge zu verzehren, die man ihm vorsetzte, dem Meister bei der Hexerei zuzuschauen, wenn es mochte, und auf dem Dache spazierenzugehen. Dies Dach glich einem ungeheuren schwarzen Nebelspalter oder Dreiröhrenhut, wie man die großen Hüte der schwäbischen Bauern nennt, und wie ein solcher Hut ein Gehirn voller Nücken und Finten überschattet, so bedeckte dies Dach ein großes, dunkles und winkliges Haus voll Hexenwerk und Tausendsgeschichten. Herr Pineiß war ein Kann-alles, welcher hundert Ämtchen versah, Leute kurierte, Wanzen vertilgte, Zähne auszog und Geld auf Zinsen lieh; er war der Vormünder aller Waisen und Witwen, schnitt in seinen Mußestunden Federn, das Dutzend für einen Pfennig, und machte schöne schwarze Dinte; er handelte mit Ingwer und Pfeffer, mit Wagenschmiere und Rossoli, mit Heftlein und Schuhnägeln, er renovierte die Turmuhr und machte jährlich den Kalender mit der Witterung, den Bauernregeln und dem Aderlaßmännchen; er verrichtete zehntausend rechtliche Dinge am hellen Tag um mäßigen Lohn und einige unrechtliche nur in der Finsternis und aus Privatleidenschaft, oder hing auch den rechtlichen, ehe er sie aus seiner Hand entließ, schnell noch ein unrechtliches Schwänzchen an, so klein wie die Schwänzchen der jungen Frösche, gleichsam nur der Possierlichkeit wegen. Überdies machte er das Wetter in schwierigen Zeiten, überwachte mit seiner Kunst die Hexen, und wenn sie reif waren, ließ er sie verbrennen; für sich trieb er die Hexerei nur als wissenschaftlichen Versuch und zum Hausgebrauch, so wie er auch die Stadtgesetze, die er redigierte und ins reine schrieb, unter der Hand probierte und verdrehte, um ihre Dauerhaftigkeit zu ergründen. Da die Seldwyler stets einen solchen Bürger brauchten, der alle unlustigen kleinen und großen Dinge für sie tat, so war er zum Stadthexenmeister ernannt worden und bekleidete dies Amt schon seit vielen Jahren mit unermüdlicher Hingebung und Geschicklichkeit, früh und spät.

Daher war sein Haus von unten bis oben vollgestopft mit allen erdenklichen Dingen, und Spiegel hatte viel Kurzweil, alles zu besehen und zu beriechen.

Doch im Anfang gewann er keine Aufmerksamkeit für andere Dinge als für das Essen. Er schlang gierig alles hinunter, was Pineiß ihm darreichte, und mochte kaum von einer Zeit zur anderen warten. Dabei überlud er sich den Magen und mußte wirklich auf das Dach gehen, um dort von den grünen Gräsern abzubeißen und sich von allerhand Unwohlsein zu kurieren. Als der Meister diesen Heißhunger bemerkte, freute er sich und dachte, das Kätzchen würde solcherweise recht bald fett werden, und je besser er daranwende, desto klüger verfahre und spare er im ganzen. Er baute daher für Spiegel eine ordentliche Landschaft in seiner Stube, indem er ein Wäldchen von Tannenbäumchen aufstellte, kleine Hügel von Steinen und Moos errichtete und einen kleinen See anlegte. Auf die Bäumchen setzte er duftig gebratene Lerchen, Finken, Meisen und Sperlinge, je nach der Jahreszeit, so daß da Spiegel immer etwas herunterzuholen und zu knabbern vorfand. In die kleinen Berge versteckte er in künstlichen Mauslöchern herrliche Mäuse, welche er sorgfältig mit Weizenmehl gemästet, dann ausgeweidet, mit zarten Speckriemchen gespickt und gebraten hatte. Einige dieser Mäuse konnte Spiegel mit der Hand hervorholen, andere waren zur Erhöhung des Vergnügens tiefer verborgen, aber an einen Faden gebunden, an welchem Spiegel sie behutsam hervorziehen mußte, wenn er diese Lustbarkeit einer nachgeahmten Jagd genießen wollte. Das Becken des Sees aber füllte Pineiß alle Tage mit frischer Milch, damit Spiegel in der süßen seinen Durst lösche, und ließ gebratene Gründlinge darin schwimmen, da er wußte, daß Katzen zuweilen auch die Fischerei lieben. Aber da nun Spiegel ein so herrliches Leben führte, tun und lassen, essen und trinken konnte, was ihm beliebte und wann es ihm einfiel, so gedieh er allerdings zusehends an seinem Leibe; sein Pelz wurde wieder glatt und glänzend und sein Auge munter; aber zugleich nahm er, da sich seine Geisteskräfte in gleichem Maße wieder ansammelten, bessere Sitten an; die wilde Gier legte sich, und weil er jetzt eine traurige Erfahrung hinter sich hatte, so wurde er nun klüger als zuvor. Er mäßigte sich in seinen Gelüsten und fraß nicht mehr, als ihm zuträglich war, indem er zugleich wieder vernünftigen und tiefsinnigen Betrachtungen nachging und die Dinge wieder durchschaute. So holte er eines Tages einen hübschen Krammetsvogel von den Ästen herunter, und als er den selben nachdenklich zerlegte, fand er dessen kleinen Magen ganz kugelrund angefüllt mit frischer unversehrter Speise.

Grüne Kräutchen, artig zusammengerollt, schwarze und weiße Samenkörner und eine glänzend rote Beere waren da so niedlich und dicht ineinander gepfropft, als ob ein Mütterchen für ihren Sohn das Ränzchen zur Reise gepackt hätte. Als Spiegel den Vogel langsam verzehrt und das so vergnüglich gefüllte Mäglein an seine Klaue hing und philosophisch betrachtete, rührte ihn da Schicksal des armen Vogels, welcher nach so friedlich verbrachtem Geschäft so schnell sein Leben lassen gemußt, daß er nicht einmal die eingepackten Sachen verdauen konnte. »Was hat er nun davon gehabt, der arme Kerl«, sagte Spiegel, »daß er sich so fleißig und eifrig genährt hat, daß dies kleine Säckchen aussieht wie ein wohlvollbrachtes Tagewerk? Diese rote Beere ist es, die ihn aus dem freien Walde in die Schlinge des Vogelstellers gelockt hat. Aber er dachte doch, seine Sache noch besser zu machen und sein Leben an solchen Beeren zu fristen, während ich, der ich soeben den unglücklichen Vogel gegessen, daran mich nur um einen Schritt näher zum Tode gegessen habe! Kann man einen elendern und feigern Vertrag abschließen, als sein Leben noch ein Weilchen fristen zu lassen, um es dann um diesen Preis doch zu verlieren? Wäre nicht ein freiwilliger und schneller Tod vorzuziehen gewesen für einen entschlossenen Kater? Aber ich habe keine Gedanken gehabt, und nun, da ich wieder solche habe, sehe ich nichts vor mir als das Schicksal dieses Krammetsvogels; wenn ich rund genug bin, so muß ich von hinnen, aus keinem andern Grunde, als weil ich, rund bin. Ein schöner Grund für einen lebenslustigen und gedankenreichen Katzmann! Ach, könnte ich aus dieser Schlinge kommen!«

Er vertiefte sich nun in vielfältige Grübeleien, wie das gelingen möchte; aber da die Zeit der Gefahr noch nicht da war, so wurde es ihm nicht klar, und er fand keinen Ausweg; aber als ein kluger Mann ergab er sich bis dahin der Tugend und der Selbstbeherrschung, welches immer die beste Vorschule und Zeitverwendung ist, bis sich etwas entscheiden soll. Er verschmähte das weiche Kissen, welches ihm Pineiß zurechtgelegt hatte, damit er fleißig darauf schlafen und fett werden sollte, und zog es vor, wieder auf schmalen Gesimsen und hohen gefährlichen Stellen zu liegen, wenn er ruhen wollte. Ebenso verschmähte er die gebratenen Vögel und die gespickten Mäuse und fing sich lieber auf den Dächern, da er nun wieder einen rechtmäßigen Jagdgrund hatte, mit List und Gewandtheit einen schlichten lebendigen Sperling oder auf den Speichern eine flinke Maus, und solche Beute schmeckte ihm vortrefflicher als das gebratene Wild in Pineißens künstlichem Gehege, während sie ihn nicht zu fett machte; auch die Bewegung und Tapferkeit sowie der wiedererlangte Gebrauch der Tugend und Philosophie verhinderten ein zu schnelles Fettwerden, so daß Spiegel zwar gesund und glänzend aussah, aber zu Pineißens

Verwunderung auf einer gewissen Stufe der Beleibtheit stehenblieb, welche lange nicht das erreichte, was der Hexenmeister mit seiner freundlichen Mästung bezweckte; denn dieser stellte sich darunter ein kugelrundes, schwerfälliges Tier vor, welches sich nicht vom Ruhekissen bewegte und aus eitel Schmer bestand. Aber hierin hatte sich seine Hexerei eben geirrt, und er wußte bei aller Schlauheit nicht, daß, wenn man einen Esel füttert, derselbe ein Esel bleibt, wenn man aber einen Fuchsen speiset, derselbe nichts anders wird als ein Fuchs; denn jede Kreatur wächst sich nach ihrer Weise aus. Als Herr Pineiß entdeckte, wie Spiegel immer auf demselben Punkte einer wohlgenährten, aber geschmeidigen und rüstigen Schlankheit stehenblieb, ohne eine erkleckliche Fettigkeit anzusetzen, stellte er ihn eines Abends plötzlich zur Rede und sagte barsch: »Was ist das, Spiegel? Warum frissest du die guten Speisen nicht, die ich dir mit so viel Sorgfalt und Kunst präpariere und herstelle? Warum fängst du die gebratenen Vögel nicht auf den Bäumen, warum suchst du die leckeren Mäuschen nicht in den Berghöhlen? Warum fischest du nicht mehr in dem See? Warum pflegst du dich nicht? Warum schläfst du nicht auf dem Kissen? Warum strapazierst du dich und wirst mir nicht fett?« – »Ei, Herr Pineiß!« sagte Spiegel, »weil es mir wohler ist auf diese Weise! Soll ich meine kurze Frist nicht auf die Art verbringen, die mir am angenehmsten ist?« – »Wie!« rief Pineiß, »du sollst so leben, daß du dick und rund wirst, und nicht dich abjagen! Ich merke aber wohl, wo du hinauswillst! Du denkst mich zu äffen und hinzuhalten, daß ich dich in Ewigkeit in diesem Mittelzustande herumlaufen lasse? Mitnichten soll dir das gelingen! Es ist deine Pflicht, zu essen und zu trinken und dich zu pflegen, auf daß du dich werdest und Schmer bekommst! Auf der Stelle entsage daher dieser hinterlistigen und kontraktwidrigen Mäßigkeit, oder ich werde ein Wörtlein mit dir sprechen!«
Spiegel unterbrach sein behagliches Spinnen, das er angefangen, um seine Fassung zu behaupten, und sagte »Ich weiß kein Sterbenswörtchen davon, daß in dem Kontrakt steht, ich solle der Mäßigkeit und einem gesunden Lebenswandel entsagen! Wenn der Herr Stadthexenmeister darauf gerechnet hat, daß ich ein fauler Schlemmer sei, so ist das nicht meine Schuld! Ihr tut tausend rechtliche Dinge des Tages, so lasset dieses auch noch hinzukommen und uns beide hübsch in der Ordnung bleiben; denn Ihr wißt ja wohl, daß Euch mein Schmer nur nützlich ist, wenn er auf rechtliche Weise erwachsen!« – »Ei du Schwätzer!« rief Pineiß erbost, »willst du mich belehren? Zeig her, wie weit bist du denn eigentlich gediehen, du Müßiggänger? Vielleicht kann man dich doch bald abtun!«

Er griff dem Kätzchen an den Bauch; allein dieses fühlte sich dadurch unangenehm gekitzelt und hieb dem Hexenmeister einen scharfen Kratz über die Hand. Diesen betrachtete Pineiß aufmerksam, dann sprach er »Stehen wir so miteinander, du Bestie? Wohlan, so erkläre ich dich hiemit feierlich, kraft des Vertrages, für fett genug! Ich begnüge mich mit dem Ergebnis und werde mich desselben zu versichern wissen! In fünf Tagen ist der Mond voll, und bis dahin magst du dich noch deines Lebens erfreuen, wie es geschrieben steht, und nicht eine Minute länger!« Damit kehrte er ihm den Rücken und überließ ihn seinen Gedanken.

Diese waren jetzt sehr bedenklich und düster. So war denn die Stunde doch nahe, wo der gute Spiegel seine Haut lassen sollte? Und war mit aller Klugheit gar nichts mehr zu machen? Seufzend stieg er auf das hohe Dach, dessen Firste dunkel in den schönen Herbstabendhimmel emporragten. Da ging der Mond über der Stadt auf und warf seinen Schein auf die schwarzen bemoosten Hohlziegel des alten Daches, ein lieblicher Gesang tönte in Spiegels Ohren, und eine schneeweiße Kätzin wandelte glänzend über einen benachbarten First weg. Sogleich vergaß Spiegel die Todesaussichten, in welchen er lebte, und erwiderte mit seinem schönsten Katerliede den Lobgesang der Schönen. Er eilte ihr entgegen und war bald im hitzigen Gefecht mit drei fremden Katern begriffen, die er mutig und wild in die Flucht schlug. Dann machte er der Dame feurig und ergeben den Hof und brachte Tag und Nacht bei ihr zu, ohne an den Pineiß zu denken oder im Hause sich sehen zu lassen. Er sang wie eine Nachtigall die schönen Mondnächte hindurch, jagte hinter der weißen Geliebten her über die Dächer, durch die Gärten, und rollte mehr als einmal im heftigen Minnespiel oder im Kampfe mit den Rivalen über hohe Dächer hinunter und fiel auf die Straße; aber nur um sich aufzuraffen, das Fell zu schütteln und die wilde Jagd seiner Leidenschaften von neuem anzuheben. Stille und laute Stunden, süße Gefühle und zorniger Streit, anmutiges Zwiegespräch, witziger Gedankenaustausch, Ränke und Schwänke der Liebe und Eifersucht, Liebkosungen und Raufereien, die Gewalt des Glückes und die Leiden des Unsterns ließen den verliebten Spiegel nicht zu sich selbst kommen, und als die Scheibe des Mondes voll geworden, war er von allen diesen Aufregungen und Leidenschaften so heruntergekommen, daß er jämmerlicher, magerer und zerzauster aussah als je. Im selben Augenblicke rief ihm Pineiß aus einem Dachtürmchen: »Spiegelchen, Spiegelchen! Wo bist du? Komm doch ein bißchen nach Hause!«

Da schied Spiegel von der weißen Freundin, welche zufrieden und kühl miauend ihrer Wege ging, und wandte sich stolz seinem Henker zu. Dieser stieg in die Küche hinunter, raschelte mit dem Kontrakt und sagte »Komm, Spiegelchen, komm, Spiegelchen!« und Spiegel folgte ihm und setzte sich in der Hexenküche trotzig vor den Meister hin in all seiner Magerkeit und Zerzaustheit. Als Herr Pineiß erblickte, wie er so schmählich um seinen Gewinn gebracht war, sprang er wie besessen in die Höhe und schrie wütend »Was seh ich? Du Schelm, du gewissenloser Spitzbube! Was hast du mir getan?« Außer sich vor Zorn griff er nach einem Besen und wollte Spiegelein schlagen; aber dieser krümmte den schwarzen Rücken, ließ die Haare emporstarren, daß ein fahler Schein darüber knisterte, legte die Ohren zurück, prustete und funkelte den Alten so grimmig an, daß dieser voll Furcht und Entsetzen drei Schritt zurücksprang. Er begann zu fürchten, daß er einen Hexenmeister vor sich habe, welcher ihn foppe und mehr könne als er selbst. Ungewiß und kleinlaut sagte er »Ist der ehrsame Herr Spiegel vielleicht vom Handwerk? Sollte ein gelehrter Zaubermeister beliebt haben, sich in dero äußere Gestalt zu verkleiden, da er nach Gefallen über sein Leibliches gebieten und genauso beleibt werden kann, als es ihm angenehm dünkt, nicht zuwenig und nicht zuviel, oder unversehens so mager wird wie ein Gerippe, um dem Tode zu entschlüpfen?«

Spiegel beruhigte sich wieder und sprach ehrlich: »Nein, ich bin kein Zauberer! Es ist allein die süße Gewalt der Leidenschaft, welche mich so heruntergebracht und zu meinem Vergnügen Euer Fett dahingenommen hat. Wenn wir übrigens jetzt unser Geschäft von neuem beginnen wollen, so will ich tapfer dabeisein und dreinbeißen! Setzt mir nur eine recht schöne und große Bratwurst vor, denn ich bin ganz erschöpft und hungrig!« Da packte Pineiß den Spiegel wütend am Kragen, sperrte ihn in den Gänsestall, der immer leer war, und schrie »Da sieh zu, ob dir deine süße Gewalt der Leidenschaft noch einmal heraushilft und ob sie stärker ist als die Gewalt der Hexerei und meines rechtlichen Vertrages! Jetzt heißt's: Vogel friß und stirb!« Sogleich briet er eine lange Wurst, die so lecker duftete, daß er sich nicht enthalten konnte, selbst ein bißchen an beiden Zipfeln zu schlecken, ehe er sie durch das Gitter steckte. Spiegel fraß sie von vorn bis hinten auf, und indem er sich behaglich den Schnurrbart putzte und den Pelz leckte, sagte er zu sich selber »Meiner Seel! es ist doch eine schöne Sache um die Liebe! Die hat mich für diesmal wieder aus der Schlinge gezogen. Jetzt will ich mich ein wenig ausruhen und trachten, daß ich durch Beschaulichkeit und gute Nahrung wieder zu vernünftigen Gedanken komme! Alles hat seine Zeit! Heute ein bißchen Leidenschaft, morgen ein wenig Besonnenheit und Ruhe, ist jedes in seiner Weise gut. Dies Gefängnis ist gar nicht so übel, und es läßt sich gewiß etwas Ersprießliches darin ausdenken!«

Pineiß aber nahm sich nun zusammen und bereitete alle Tage mit aller seiner Kunst solche Leckerbissen und in solch reizender Abwechslung und Zuträglichkeit, daß der gefangene Spiegel denselben nicht widerstehen konnte; denn Pineißens Vorrat an freiwilligem und rechtmäßigem Katzenschmer nahm alle Tage mehr ab und drohte nächstens ganz auszugehen, und dann war der Hexer ohne dies Hauptmittel ein geschlagener Mann. Aber der gute Hexenmeister nährte mit dem Leibe Spiegels dessen Geist immer wieder mit, und es war durchaus nicht von dieser unbequemen Zutat loszukommen, weshalb auch seine Hexerei sich hier als lückenhaft erwies.

Als Spiegel in seinem Käfig ihm endlich fett genug dünkte, säumte er nicht länger, sondern stellte vor den Augen des aufmerksamen Katers alle Geschirre zurecht und machte ein helles Feuer auf dem Herd, um den langersehnten Gewinn auszukochen. Dann wetzte er ein großes Messer, öffnete den Kerker, zog Spiegelchen hervor, nachdem er die Küchentüre wohl verschlossen, und sagte wohlgemut: »Komm, du Sapperlöter! wir wollen dir den Kopf abschneiden vorderhand und dann das Fell abziehen! Dieses wird eine warme Mütze für mich geben, woran ich Einfältiger noch gar nicht gedacht habe! Oder soll ich, dir erst das Fell abziehen und dann den Kopf abschneiden?« – »Nein, wenn es Euch gefällig ist«, sagte Spiegel demütig, »lieber zuerst den Kopf abschneiden!« – »Hast recht, du armer Kerl!« sagte Herr Pineiß, »wir wollen dich nicht unnütz quälen! Alles, was recht ist!« – »Dies ist ein wahres Wort!« sagte Spiegel mit einem erbärmlichen Seufzer und legte das Haupt ergebungsvoll auf die Seite, »o hätt ich doch jederzeit getan, was recht ist, und nicht eine so wichtige Sache leichtsinnig unterlassen, so könnte ich jetzt mit besserm Gewissen sterben, denn ich sterbe gern; aber ein Unrecht erschwert mir den sonst so willkommenen Tod; denn was bietet mir das Leben? Nichts als Furcht, Sorge und Armut und zur Abwechslung einen Sturm verzehrender Leidenschaft, die noch schlimmer ist als die stille zitternde Furcht!« – »Ei, welches Unrecht, welche wichtige Sache?« fragte Pineiß neugierig. »Ach, was hilft das Reden jetzt noch,« seufzte Spiegel, »geschehen ist geschehen, und jetzt ist Reue zu spät!« – »Siehst du, Sappermenter, was für ein Sünder du bist?« sagte Pineiß, »und wie wohl du deinen Tod verdienst? Aber was Tausend hast du denn angestellt? Hast du mir vielleicht etwas entwendet, entfremdet, verdorben? Hast du mir ein himmelschreiendes Unrecht getan, von dem ich noch gar nichts weiß, ahne, vermute, du Satan? Das sind mir schöne Geschichten! Gut, daß ich noch, dahinterkomme! Auf der Stelle beichte mir, oder ich schinde und siede dich lebendig aus! Wirst du sprechen oder nicht?« – »Ach nein!« sagte Spiegel, »wegen Euch habe ich mir nichts vorzuwerfen. Es betrifft die zehntausend Goldgülden meiner seligen Gebieterin – aber was hilft Reden! – Zwar – wenn ich bedenke und Euch, ansehe, so möchte es vielleicht doch nicht ganz zu spät sein – wenn ich Euch betrachte, so sehe ich, daß Ihr ein noch ganz schöner und rüstiger Mann seid, in den besten Jahren – sagt doch, Herr Pineiß! habt Ihr noch nie etwa den Wunsch verspürt, Euch zu verehelichen, ehrbar und vorteilhaft? Aber was schwatze ich! Wie wird ein so kluger und kunstreicher Mann auf dergleichen müßige Gedanken kommen! Wie wird ein so nützlich beschäftigter Meister an törichte Weiber denken! Zwar allerdings hat auch die Schlimmste noch irgendwas an sich, was etwa nützlich für einen Mann ist, das ist nicht abzuleugnen! Und wenn sie nur halbwegs was taugt, so ist eine gute Hausfrau etwa weiß am Leibe, sorgfältig im Sinne, zutulich von Sitten, treu von Herzen, sparsam im Verwalten, aber verschwenderisch in der Pflege ihres Mannes, kurzweilig in Worten und angenehm in ihren Taten, einschmeichelnd in ihren Handlungen! Sie küßt den Mann mit ihrem Munde und streichelt ihm den Bart, sie umschließt ihn mit ihren Armen und krault ihm hinter den Ohren, wie er es wünscht, kurz, sie tut tausend Dinge, die nicht zu verwerfen sind. Sie hält sich ihm ganz nah zu oder in bescheidener Entfernung, je nach seiner Stimmung, und wenn er seinen Geschäften nachgeht, so stört sie ihn nicht, sondern verbreitet unterdessen sein Lob in und außer dem Hause; denn sie läßt nichts an ihn kommen und rühmt alles, was an ihm ist! Aber das Anmutigste ist die wunderbare Beschaffenheit ihres zarten leiblichen Daseins, welches die Natur so verschieden gemacht hat von unserm Wesen bei anscheinender Menschenähnlichkeit, daß es ein fortwährendes Meerwunder in einer glückhaften Ehe bewirkt und eigentlich die allerdurchtriebenste Hexerei in sich birgt! Doch was schwatze ich da wie ein Tor an der Schwelle des Todes! Wie wird ein weiser Mann auf dergleichen Eitelkeiten sein Augenmerk richten! Verzeiht, Herr Pineiß, und schneidet mir den Kopf ab!«

Pineiß aber rief heftig »So halt doch endlich inne, du Schwätzer! und sage mir Wo ist eine solche und hat sie zehntausend Goldgülden?«

»Zehntausend Goldgülden?« sagte Spiegel.

»Nun ja«, rief Pineiß ungeduldig, »sprachest du nicht eben erst davon?«

»Nein«, antwortete jener, »das ist eine andere Sache! Die liegen vergraben an einem Orte!«

»Und was tun sie da, wem gehören sie?« schrie Pineiß.

»Niemand gehören sie, das ist eben meine Gewissensbürde, denn ich hätte sie unterbringen sollen! Eigentlich gehören sie jenem, der eine solche Person heiratet, wie ich eben beschrieben habe.

Aber wie soll man drei solche Dinge zusammenbringen in dieser gottlosen Stadt zehntausend Goldgülden, eine weiße, feine und gute Hausfrau und einen weisen rechtschaffenen Mann? Daher ist eigentlich meine Sünde nicht allzugroß, denn der Auftrag war zu schwer für eine arme Katze!«

»Wenn du jetzt«, rief Pineiß, »nicht bei der Sache bleibst und sie verständlich der Ordnung nach dartust, so schneide ich dir vorläufig den Schwanz und beide Ohren ab! Jetzt fang an!«

»Da Ihr es befehlt, so muß ich die Sache wohl erzählen« sagte Spiegel und setzte sich gelassen auf seine Hinterfüße, »obgleich dieser Aufschub meine Leiden nur vergrößert!« Pineiß steckte das scharfe Messer zwischen sich und Spiegel in die Diele und setzte sich neugierig auf ein Fäßchen, um zuzuhören, und Spiegel fuhr fort:

»Ihr wisset doch, Herr Pineiß, daß die brave Person, meine selige Meisterin, unverheiratet gestorben ist als eine alte Jungfer, die in aller Stille viel Gutes getan und niemanden zuwider gelebt hat. Aber nicht immer war es am sie her so still und ruhig zugegangen, und obgleich sie niemals von bösem Gemüt gewesen, so hatte sie doch einst viel Leid und Schaden angerichtet; denn in ihrer Jugend war sie das schönste Fräulein weit und breit, und was von jungen Herren und kecken Gesellen in der Gegend war oder des Weges kam, verliebte sich in sie und wollte sie durchaus heiraten. Nun hatte sie wohl große Lust zu heiraten und einen hübschen, ehrenfesten und klugen Mann zu nehmen, und sie hatte die Auswahl, da sich Einheimische und Fremde um sie stritten und einander mehr als einmal die Degen in den Leib rannten, um den Vorrang zu gewinnen. Es bewarben sich um sie und versammelten sich kühne und verzagte, listige und treuherzige, reiche und arme Freier, solche mit einem guten und anständigen Geschäft und solche, welche als Kavaliere zierlich von ihren Renten lebten; dieser mit diesen, jener mit jenen Vorzügen, beredt oder schweigsam, der eine munter und liebenswürdig, und ein anderer schien es mehr in sich zu haben, wenn er auch etwas einfältig aussah; kurz, das Fräulein hatte eine so vollkommene Auswahl, wie es ein mannbares Frauenzimmer sich nur wünschen kann. Allein sie besaß außer ihrer Schönheit ein schönes Vermögen von vielen tausend Goldgülden, und diese waren die Ursache, daß sie nie dazu kam, eine Wahl treffen und einen Mann nehmen zu können, denn sie verwaltete ihr Gut mit trefflicher Umsicht und Klugheit und legte einen großen Wert auf dasselbe, und da nun der Mensch immer von seinen eigenen Neigungen aus andere beurteilt, so geschah es, daß sie, sobald sich ihr ein achtungswerter Freier genähert und ihr halbwegs gefiel, alsobald sich einbildete, derselbe begehre sie nur um ihres Gutes willen. War einer reich, so glaubte sie, er würde sie doch nicht begehren, wenn sie nicht auch reich wäre, und von den

Unbemittelten nahm sie vollends als gewiß an, daß sie nur ihre Goldgülden im Auge hätten und sich daran gedächten gütlich zu tun, und das arme Fräulein, welches doch selbst so große Dinge auf den irdischen Besitz hielt, war nicht imstande, diese Liebe zu Geld und Gut an ihren Freiern von der Liebe zu ihr selbst zu unterscheiden oder, wenn sie wirklich etwa vorhanden war, dieselbe nachzusehen und zu verzeihen. Mehrere Male war sie schon so gut wie verlobt, und ihr Herz klopfte endlich stärker; aber plötzlich glaubte sie aus irgendeinem Zuge zu entnehmen, daß sie verraten sei und man einzig an ihr Vermögen denke, und sie brach unverweilt die Geschichte entzwei und zog sich voll Schmerzen, aber unerbittlich zurück. Sie prüfte alle, welche ihr nicht mißfielen, auf hunder Arten, so daß eine große Gewandtheit dazu gehörte, nicht in die Falle zu gehen, und zuletzt keiner mehr sich mit einiger Hoffnung nähern konnte, als wer ein durchaus geriebener und verstellter Mensch war, so daß schon aus diesen Gründen endlich die Wahl wirklich schwer wurde, weil solche Menschen dann zuletzt doch eine unheimliche Unruhe erwecken und die peinlichste Ungewißheit bei einer Schönen zurücklassen, je geriebener und geschickter sie sind. Das Hauptmittel, ihre Anbeter zu prüfen, war, daß sie ihre Uneigennützigkeit auf die Probe stellte und sie alle Tage zu großen Ausgaben, zu reichen Geschenken und zu wohltätigen Handlungen veranlaßte. Aber sie mochten es machen, wie sie wollten, so trafen sie doch nie das Rechte; denn zeigten sie sich freigebig und aufopfernd, gaben sie glänzende Feste, brachten sie ihr Geschenke dar oder anvertrauten ihr beträchtliche Gelder für die Armen, so sagte sie plötzlich, dies alles geschehe nur, um mit einem Würmchen den Lachs zu fangen oder mit der Wurst nach der Speckseite zu werfen, wie man zu sagen pflegt. Und sie vergabte die Geschenke sowohl wie das anvertraute Geld an Klöster und milde Stiftungen und speisete die Armen; aber die betrogenen Freier wies sie unbarmherzig ab. Bezeigten sich dieselben aber zurückhaltend oder gar knauserig, so war der Stab sogleich über sie gebrochen, da sie das noch viel übler nahm und daran eine schnöde und nackte Rücksichtslosigkeit und Eigenliebe zu erkennen glaubte. So kam es, daß sie, welche ein reines und nur ihrer Person hingegebenes Herz suchte, zuletzt von lauter verstellten, listigen und eigensüchtigen Freiersleuten umgeben war, aus denen sie nie klug wurde und die ihr das Leben verbitterten. Eines Tages fühlte sie sich so mißmutig und trostlos, daß sie ihren ganzen Hof aus dem Hause wies, dasselbe zuschloß und nach Mailand verreiste, wo sie eine Base hatte. Als sie über den Sankt Gotthard ritt auf einem Eselein, war ihre Gesinnung so schwarz und schaurig wie das wilde Gestein, das sich aus den Abgründen emportürmte, und sie fühlte die heftigste Versuchung, sich von der Teufelsbrücke in die tobenden Gewässer der Reuß hinabzustürzen. Nur mit der größten Mühe gelang es den zwei Mägden, die sie bei sich hatte und die ich selbst noch gekannt habe, welche aber nun schon lange tot sind, und dem Führer, sie zu beruhigen und von der finstern Anwandlung abzubringen. Doch langte sie bleich und traurig in dem schönen Land Italien an, und so blau dort der Himmel war, wollten sich ihre dunklen Gedanken doch nicht aufhellen. Aber als sie einige Tage bei ihrer Base verweilt, sollte unverhofft eine andere Melodie ertönen und ein Frühlingsanfang in ihr aufgehen, von dem sie bis dato noch nicht viel gewußt. Denn es kam ein junger Landsmann in das Haus der Base, der ihr gleich beim ersten Anblick so wohl gefiel, daß man wohl sagen kann, sie verliebte sich jetzt von selbst und zum ersten Mal. Es war ein schöner Jüngling, von guter Erziehung und edlem Benehmen, nicht arm und nicht reich zur Zeit, denn er hatte nichts als zehntausend Goldgülden, welche er von seinen verstorbenen Eltern ererbt und womit er, da er die Kaufmannschaft erlernt hatte, in Mailand einen Handel mit Seide begründen wollte; denn er war unternehmend und klar von Gedanken und hatte eine glückliche Hand, wie es unbefangene und unschuldige Leute oft haben; denn auch dies war der junge Mann; er schien, so wohlgelehrt er war, doch so arglos und unschuldig wie ein Kind. Und obgleich er ein Kaufmann war und ein so unbefangenes Gemüt, was schon zusammen eine köstliche Seltenheit ist, so war er doch fest und ritterlich in seiner Haltung und trug sein Schwert so keck zur Seite, wie nur ein geübter Kriegsmann es tragen kann. Dies alles sowie seine frische Schönheit und Jugend bezwangen das Herz des Fräuleins dermaßen, daß sie kaum an sich halten konnte und ihm mit großer Freundlichkeit begegnete. Sie wurde wieder heiter, und wenn sie dazwischen auch traurig war, so geschah dies in dem Wechsel der Liebesfurcht und Hoffnung, welche immerhin ein edleres und angenehmeres Gefühl war als jene peinliche Verlegenheit in der Wahl, welche sie früher unter den vielen Freiern empfunden. Jetzt kannte sie nur eine Mühe und Besorgnis, diejenige nämlich, dem schönen und guten Jüngling zu gefallen, und je schöner sie selbst war, desto demütiger und unsicherer war sie jetzt, da sie zum ersten Male eine wahre Neigung gefaßt hatte. Aber auch der junge Kaufmann hatte noch nie eine solche Schönheit gesehen oder war wenigstens noch keiner so nahe gewesen und von ihr so freundlich und artig behandelt worden. Da sie nun, wie gesagt, nicht nur schön, sondern auch gut von Herzen und fein von Sitten war, so ist es nicht zu verwundern, daß der offene und frische Jüngling, dessen Herz noch ganz frei und unerfahren war, sich ebenfalls in sie verliebte und das mit aller Kraft und Rückhaltlosigkeit, die in seiner ganzen Natur lag.

Aber vielleicht hätte das nie jemand erfahren, wenn er in seiner Einfalt nicht aufgemuntert worden wäre durch des Fräuleins Zutulichkeit, welche er mit heimlichem Zittern und Zagen für eine Erwiderung seiner Liebe zu halten wagte, da er selber keine Verstellung kannte. Doch bezwang er sich einige Wochen und glaubte die Sache zu verheimlichen; aber jeder sah ihm von weitem an, daß er zum Sterben verliebt war, und wenn er irgend in die Nähe des Fräuleins geriet oder sie nur genannt wurde, so sah man auch gleich, in wen er verliebt war. Er war aber nicht lange verliebt, sondern begann wirklich zu lieben mit aller Heftigkeit seiner Jugend, so daß ihm das Fräulein das Höchste und Beste auf der Welt wurde, an welches er ein für allemal das Heil und den ganzen Wert seiner eigenen Person setzte. Dies gefiel ihr über die Maßen wohl; denn es war in allem, was er sagte oder tat, eine andere Art, als sie bislang erfahren, und dies bestärkte und rührte sie so tief, daß sie nun gleichermaßen der stärksten Liebe anheimfiel und nun nicht mehr von einer Wahl für sie die Rede war. Jedermann sah diese Geschichte spielen, und es wurde offen darüber gesprochen und vielfach gescherzt. Dem Fräulein war es höchlich wohl dabei, und indem ihr das Herz vor banger Erwartung zerspringen wollte, half sie den Roman[266] von ihrer Seite doch ein wenig verwickeln und ausspinnen, um ihn recht auszukosten und zu genießen. Denn der junge Mann beging in seiner Verwirrung so köstliche und kindliche Dinge, dergleichen sie niemals erfahren und für sie einmal schmeichelhafter und angenehmer waren als das andere. Er aber in seiner Gradheit und Ehrlichkeit konnte es nicht lange so aushalten; da jeder darauf anspielte und sich einen Scherz erlaubte, so schien es ihm eine Komödie zu werden, als deren Gegenstand ihm seine Geliebte viel zu gut und heilig war, und was ihr ausnehmend behagte, das machte ihn bekümmert, ungewiß und verlegen um sie selber. Auch glaubte er sie zu beleidigen und zu hintergehen, wenn er da lange eine so heftige Leidenschaft zu ihr herumtrüge und unaufhörlich an sie denke, ohne daß sie eine Ahnung davon habe, was doch gar nicht schicklich sei und ihm selber nicht recht! Daher sah man ihm eines Morgens von weitem an, daß er etwas vorhatte, und er bekannte ihr seine Liebe in einigen Worten, um es *einmal* und nie zum zweiten Mal zu sagen, wenn er nicht glücklich sein sollte. Denn er war nicht gewohnt zu denken, daß ein solches schönes und wohlbeschaffenes Fräulein etwa nicht ihre wahre Meinung sagen und nicht auch gleich zum ersten Mal ihr unwiderrufliches Ja oder Nein erwidern sollte. Er war ebenso zart gesinnt als heftig verliebt, ebenso spröde als kindlich und ebenso stolz als unbefangen, und bei ihm galt es gleich auf Tod und Leben, auf Ja oder Nein, Schlag um Schlag.

In demselben Augenblicke aber, in welchem das Fräulein sein Geständnis anhörte, das sie so sehnlich erwartet, überfiel sie ihr altes Mißtrauen, und es fiel ihr zur unglücklichen Stunde ein, daß ihr Liebhaber ein Kaufmann sei, welcher am Ende nur ihr Vermögen zu erlangen wünsche, um seine Unternehmungen zu erweitern. Wenn er daneben auch ein wenig in ihre Person verliebt sein sollte, so wäre ja das bei ihrer Schönheit kein sonderliches Verdienst und nur um so empörender, wenn sie eine bloße wünschbare Zugabe zu ihrem Golde vorstellen sollte. Anstatt ihm daher ihre Gegenliebe zu gestehen und ihn wohl aufzunehmen, wie sie am liebsten getan hätte, ersann sie auf der Stelle eine neue List, um seine Hingebung zu prüfen, und nahm eine ernste, fast traurige Miene an, indem sie ihm vertraute, wie sie bereits mit einem jungen Mann verlobt sei in ihrer Heimat, welchen sie auf das allerherzlichste liebe. Sie habe ihm das schon mehrmals mitteilen wollen, da sie ihn, den Kaufmann nämlich, als Freund sehr liebhabe, wie er wohl habe sehen können aus ihrem Benehmen, und sie vertraue ihm wie einem Bruder. Aber die ungeschickten Scherze, welche in der Gesellschaft aufgekommen seien, hätten ihr eine vertrauliche Unterhaltung erschwert; da er nun aber selbst sie mit seinem braven und edlen Herzen überrascht und dasselbe vor ihr aufgetan, so könne sie ihm für seine Neigung nicht besser danken, als indem sie ihm ebenso offen sich anvertraue. Ja, fuhr sie fort, nur demjenigen könne sie angehören, welchen sie einmal erwählt habe, und nie würde es ihr möglich sein, ihr Herz einem andern Mannesbilde zuzuwenden, dies stehe mit goldenem Feuer in ihrer Seele geschrieben, und der liebe Mann wisse selbst nicht, wie lieb er ihr sei, so wohl er sie auch kenne! Aber ein trüber Unstern hätte sie betroffen ihr Bräutigam sei ein Kaufmann, aber so arm wie eine Maus; darum hätten sie den Plan gefaßt, daß er aus den Mitteln der Braut einen Handel begründen solle; der Anfang sei gemacht und alles auf das beste eingeleitet, die Hochzeit sollte in diesen Tagen gefeiert werden, da wollte ein unverhofftes Mißgeschick, daß ihr ganzes Vermögen plötzlich ihr angetastet und abgestritten wurde und vielleicht für immer verlorengehe, während der arme Bräutigam in nächster Zeit seine ersten Zahlungen zu leisten habe an die Mailänder und venezianischen Kaufleute, worauf sein ganzer Kredit, sein Gedeihen und seine Ehre beruhe, nicht zu sprechen von ihrer Vereinigung und glücklichen Hochzeit! Sie sei in der Eile nach Mailand gekommen, wo sie begüterte Verwandte habe, um da Mittel und Auswege zu finden; aber zu einer schlimmen Stunde sei sie gekommen; denn nichts wolle sich fügen und schicken, während der Tag immer näher rücke, und wenn sie ihrem Geliebten nicht helfen könne, so müsse sie sterben vor Traurigkeit. Denn es sei der liebste und beste Mensch, den man sich denken könne, und würde sicherlich ein großer Kaufherr werden, wenn ihm geholfen würde, und sie kenne kein anderes Glück mehr auf Erden, als dann dessen Gemahlin zu sein! Als sie diese Erzählung beendet, hatte sich der arme schöne Jüngling schon lange entfärbt und war bleich wie ein weißes Tuch. Aber er ließ keinen Laut der Klage vernehmen und sprach nicht ein Sterbenswörtchen mehr von sich selbst und von seiner Liebe, sondern fragte bloß traurig, auf wieviel sich denn die eingegangenen Verpflichtungen des glücklich unglücklichen Bräutigams beliefen? Auf zehntausend Goldgülden! antwortete sie noch viel trauriger. Der junge traurige Kaufherr stand auf, ermahnte das Fräulein, guten Mutes zu sein, da sich gewiß ein Ausweg zeigen werde, und entfernte sich von ihr, ohne daß er sie anzusehen wagte; so sehr fühlte er sich betroffen und beschämt, daß er sein Auge auf eine Dame geworfen, die so treu und leidenschaftlich einen andern liebte. Denn der Arme glaubte jedes Wort von ihrer Erzählung wie ein Evangelium. Dann begab er sich ohne Säumnis zu seinen Handelsfreunden und brachte sie durch Bitten und Einbüßung einer gewissen Summe dahin, seine Bestellungen und Einkäufe wieder rückgängig zu machen, welche er selbst in diesen Tagen auch grad mit seinen zehntausend Goldgülden bezahlen sollte und worauf er seine ganze Laufbahn bauete, und ehe sechs Stunden verflossen waren, erschien er wieder bei dem Fräulein mit seinem ganzen Besitztum und bat sie um Gottes willen, diese Aushilfe von ihm annehmen zu wollen. Ihre Augen funkelten vor freudiger Überraschung, und ihre Brust pochte wie ein Hammerwerk; sie fragte ihn, wo er denn dies Kapital hergenommen, und er erwiderte, er habe es auf seinen guten Namen geliehen und würde es, da seine Geschäfte sich glücklich wendeten, ohne Unbequemlichkeit zurückerstatten können. Sie sah ihm deutlich an, daß er log und daß es sein einziges Vermögen und ganze Hoffnung war, welche er ihrem Glücke opferte; doch stellte sie sich, als glaubte sie seinen Worten. Sie ließ ihren freudigen Empfindungen freien Lauf und tat grausamerweise, als ob diese dem Glücke gälten, nun doch ihren Erwählten retten und heiraten zu dürfen, und sie konnte nicht Worte finden, ihre Dankbarkeit auszudrücken. Doch plötzlich besann sie sich und erklärte, nur unter einer Bedingung die großmütige Tat annehmen zu können, da sonst alles Zureden unnütz wäre. Befragt, worin diese Bedingung bestehe, verlangte sie das heilige Versprechen, daß er an einem bestimmten Tage sich bei ihr einfinden wolle, um ihrer Hochzeit beizuwohnen und der beste Freund und Gönner ihres zukünftigen Ehegemahls zu werden sowie der treuste Freund, Schützer und Berater ihrer selbst.

Errötend bat er sie, von diesem Begehren abzustehen; aber umsonst wandte er alle Gründe an, um sie davon abzubringen, umsonst stellte er ihr vor, daß seine Angelegenheiten jetzt nicht erlaubten, nach der Schweiz zurückzureisen, und daß er von einem solchen Abstecher einen erheblichen Schaden erleiden würde. Sie beharrte entschieden auf ihrem Verlangen und schob ihm sogar sein Gold wieder zu, da er sich nicht dazu verstehen wollte. Endlich versprach er es, aber er mußte ihr die Hand darauf geben und es ihr bei seiner Ehre und Seligkeit beschwören. Sie bezeichnete ihm genau den Tag und die Stunde, wann er eintreffen solle, und alles dies mußte er bei seinem Christenglauben und bei seiner Seligkeit beschwören. Erst dann nahm sie sein Opfer an und ließ den Schatz vergnügt in ihre Schlafkammer tragen, wo sie ihn eigenhändig in ihrer Reisetruhe verschloß und den Schüssel in den Busen steckte. Nun hielt sie sich nicht länger in Mailand auf, sondern reiste ebenso fröhlich über den Sankt Gotthard zurück, als schwermütig sie hergekommen war. Auf der Teufelsbrücke, wo sie hatte hinabspringen wollen, lachte sie wie eine Unkluge und warf mit hellem Jauchzen ihrer wohlklingenden Stimme einen Granatblütenstrauß in die Reuß, welchen sie vor der Brust trug, kurz, ihre Lust war nicht zu bändigen, und es war die fröhlichste Reise, die je getan wurde. Heimgekehrt, öffnete und lüftete sie ihr Haus von oben bis unten und schmückte es, als ob sie einen Prinzen erwartete. Aber zu Häupten ihres Bettes legte sie den Sack mit den zehntausend Goldgülden und legte des Nachts den Kopf so glückselig auf den harten Klumpen und schlief darauf, wie wenn es das weichste Flaumkissen gewesen wäre. Kaum konnte sie den verabredeten Tag erwarten, wo sie ihn sicher kommen sah, da sie wußte, daß er nicht das einfachste Versprechen, geschweige denn einen Schwur brechen würde, und wenn es ihm um das Leben ginge. Aber der Tag brach an, und der Geliebte erschien nicht, und es vergingen viele Tage und Wochen, ohne daß er von sich hören ließ. Da fing sie an, an allen Gliedern zu zittern, und verfiel in die größte Angst und Bangigkeit; sie schickte Briefe über Briefe nach Mailand, aber niemand wußte ihr zu sagen, wo er geblieben sei. Endlich aber stellte es sich durch einen Zufall heraus, daß der junge Kaufherr aus einem blutroten Stück Seidendamast, welches er von seinem Handelsanfang her im Haus liegen und bereits bezahlt hatte, sich ein Kriegskleid hatte anfertigen lassen und unter die Schweizer gegangen war, welche damals eben im Solde des Königs Franz von Frankreich den Mailändischen Krieg mitstritten. Nach der Schlacht bei Pavia, in welcher so viele Schweizer das Leben verloren, wurde er auf einem Haufen erschlagener Spaniolen liegend gefunden, von vielen tödlichen Wunden zerrissen und sein rotes Seidengewand von unten bis oben zerschlitzt und zerfetzt.

Eh er den Geist aufgab, sagte er einem neben ihm liegenden Seldwyler, der minder übel zugerichtet war, folgende Botschaft ins Gedächtnis und bat ihn, dieselbe auszurichten, wenn er mit dem Leben davonkäme: ›Liebstes Fräulein! Obgleich ich Euch bei meiner Ehre, bei meinem Christenglauben und bei meiner Seligkeit geschworen habe, auf Eurer Hochzeit zu erscheinen, so ist es mir dennoch nicht möglich gewesen, Euch nochmals zu sehen und einen andern den höchsten Glückes teilhaftig zu erblicken, das es für mich geben könnte. Dieses habe ich erst in Eurer Abwesenheit verspürt und habe vorher nicht gewußt, welch eine strenge und unheimliche Sache es ist um solche Liebe, wie ich zu Euch habe, sonst würde ich mich zweifelsohne besser davor gehütet haben. Da es aber einmal so ist, so wollte ich lieber meiner weltlichen Ehre und meiner geistlichen Seligkeit verloren und in die ewige Verdammnis eingehen als ein Meineidiger, denn noch einmal in Eure Nähe erscheinen mit einem Feuer in der Brust, welches stärker und unauslöschlicher ist als das Höllenfeuer und mich dieses kaum wird verspüren lassen. Betet nicht etwa für mich, schönstes Fräulein, denn ich kann und werde nie selig werden ohne Euch, sei es hier oder dort, und somit lebt glücklich und seid gegrüßt!‹ So hatte in dieser Schlacht, nach welcher König Franziskus sagt ›Alles verloren, außer der Ehre!‹ der unglückliche Liebhaber alles verloren, die Hoffnung, die Ehre, das Leben und die ewige Seligkeit, nur die Liebe nicht, die ihn verzehrte. Der Seldwyler kam glücklich davon, und sobald er sich in etwas erholt und außer Gefahr sah, schrieb er die Worte des Umgekommenen getreu auf seine Schreibtafel, um sie nicht zu vergessen, reiste nach Hause, meldete sich bei dem unglücklichen Fräulein und las ihr die Botschaft so steif und kriegerisch vor, wie er zu tun gewohnt war, wenn er sonst die Mannschaft seines Fähnleins verlas; denn es war ein Feldleutnant. Das Fräulein aber zerraufte sich die Haare, zerriß ihre Kleider und begann so laut zu schreien und zu weinen, daß man es die Straße auf und nieder hörte und die Leute zusammenliefen. Sie schleppte wie wahnsinnig die zehntausend Goldgülden herbei, zerstreute sie auf dem Boden, warf sich der Länge nach darauf hin und küßte die glänzenden Goldstücke. Ganz von Sinnen, suchte sie den umherrollenden Schatz zusammenzuraffen und zu umarmen, als ob der verlorene Geliebte darin zu gegen wäre. Sie lag Tag und Nacht auf dem Golde und wollte weder Speise noch Trank zu sich nehmen; unaufhörlich liebkoste und küßte sie das kalte Metall, bis sie mitten in einer Nacht plötzlich aufstand, den Schatz, emsig hin und her eilend, nach dem Garten trug und dort unter bitteren Tränen in den tiefen Brunnen warf und einen Fluch darüber aussprach, daß er niemals jemand anderm angehören solle.«

Als Spiegel so weit erzählt hatte, sagte Pineiß »Und liegt das schöne Geld noch in dem Brunnen?« – »Ja, wo sollte es sonst liegen?« antwortete Spiegel, »denn nur ich kann es herausbringen und habe es bis zur Stunde noch nicht getan!« – »Ei ja so, richtig!« sagte Pineiß, »ich habe es ganz vergessen über deiner Geschichte! Du kannst nicht übel erzählen, du Sapperlöter! und es ist mir ganz gelüstig worden nach einem Weibchen, die so für mich eingenommen wäre; aber sehr schön müßte sie sein! Doch erzähle jetzt schnell noch, wie die Sache eigentlich zusammenhängt!« – »Es dauerte manche Jahre«, sagte Spiegel, »bis das Fräulein aus bittern Seelenleiden soweit zu sich kam, daß sie anfangen konnte, die stille alte Jungfer zu werden, als welche ich sie kennenlernte. Ich darf mich berühmen, daß ich ihr einziger Trost und ihr vertrautester Freund geworden bin in ihrem einsamen Leben bis an ihr stilles Ende. Als sie aber dieses herannahen sah, vergegenwärtigte sie sich noch einmal die Zeit ihrer fernen Jugend und Schönheit und erlitt noch einmal mit milderen ergebenen Gedanken erst die süßen Erregungen und dann die bittern Leiden jener Zeit, und sie weinte still sieben Tage und Nächte hindurch über die Liebe des Jünglings, deren Genuß sie durch ihr Mißtrauen verloren hatte, so daß ihre alten Augen noch kurz vor dem Tode erblindeten. Dann bereute sie den Fluch, welchen sie über jenen Schatz ausgesprochen, und sagte zu mir, indem sie mich mit dieser wichtigen Sache beauftragte: ›Ich bestimme nun anders, lieber Spiegel! und gebe dir die Vollmacht, daß du meine Verordnung vollziehest. Sieh dich um und suche, bis du eine bildschöne, aber unbemittelte Frauensperson findest, welcher es ihrer Armut wegen an Freiern gebricht! Wenn sich dann ein verständiger, rechtlicher und hübscher Mann finden sollte, der sein gutes Auskommen hat und die Jungfrau ungeachtet ihrer Armut, nur allein von ihrer Schönheit bewegt, zur Frau begehrt, so soll dieser Mann mit den stärksten Eiden sich verpflichten, derselben so treu, aufopfernd und unabänderlich ergeben zu sein, wie es mein unglücklicher Liebster gewesen ist, und dieser Frau sein Leben lang in allen Dingen zu willfahren. Dann gib der Braut die zehntausend Goldgülden, welche im Brunnen liegen, zur Mitgift, daß sie ihren Bräutigam am Hochzeit morgen damit überrasche!‹ So sprach die Selige, und ich habe meiner widrigen Geschicke wegen versäumt, dieser Sache nach zugehen, und muß nun befürchten, daß die Arme deswegen im Grabe noch beunruhigt sei, was für mich eben auch nicht die angenehmsten Folgen haben kann!«
Pineiß sah den Spiegel mißtrauisch an und sagte »Wärst du wohl imstande, Bürschchen! mir den Schatz ein wenig nachzuweisen und augenscheinlich zu machen?«

»Zu jeder Stunde!« versetzte Spiegel, »aber Ihr müßt wissen, Herr Stadthexenmeister, daß Ihr das Gold nicht etwa so ohne weiteres herausfischen dürftet! Man würde Euch unfehlbar da Genick umdrehen; denn es ist nicht ganz geheuer in dem Brunnen, ich habe darüber bestimmte Inzichten, welche ich aus Rücksichten nicht näher berühren darf!«

»Hei, wer spricht denn von Herausholen?« sagte Pineiß etwa furchtsam, »führe mich einmal hin und zeige mir den Schatz Oder vielmehr will ich dich führen an einem guten Schnürlein, damit du mir nicht entwischest!«

»Wie Ihr wollt!« sagte Spiegel, »aber nehmt auch eine andere lange Schnur mit und eine Blendlaterne, welche Ihr daran in den Brunnen hinablassen könnt; denn der ist sehr tief und dunkel!«

Pineiß befolgte diesen Rat und führte das muntere Kätzchen nach dem Garten jener Verstorbenen. Sie überstiegen miteinander die Mauer, und Spiegel zeigte dem Hexer den Weg zu dem alten Brunnen, welcher unter verwildertem Gebüsche verborgen war. Dort ließ Pineiß sein Laternchen hinunter, begierig nachblickend, während er den angebundenen Spiegel nicht von der Hand ließ. Aber richtig sah er in der Tiefe das Gold funkeln unter dem grünlichen Wasser und rief »Wahrhaftig, ich seh's, es ist wahr! Spiegel, du bist ein Tausendskerl!« Dann guckte er wieder eifrig hinunter und sagte »Mögen es auch zehntausend sein?« – »Ja, das ist nun nicht zu schwören!« sagte Spiegel, »ich bin nie da unten gewesen und hab's nicht gezählt! Ist auch möglich, daß die Dame dazumal einige Stücke auf dem Wege verloren hat, als sie den Schatz hierhertrug, da sie in einem sehr aufgeregten Zustande war.« – »Nun, seien es auch ein Dutzend oder mehr weniger!« sagte Herr Pineiß, »es soll mir darauf nicht ankommen!« Er setzte sich auf den Rand des Brunnens, Spiegel setzte sich auch nieder und leckte sich das Pfötchen. »Da wäre nun der Schatz!« sagte Pineiß, indem er sich hinter den Ohren kratzte, »und hier wäre auch der Mann dazu; fehlt nur noch das bildschöne Weib!« – »Wie?« sagte Spiegel. »Ich meine, es fehlt nur noch diejenige, welche die Zehntausend als Mitgift bekommen soll, um mich damit zu überraschen am Hochzeitmorgen, und welche alle jene angenehmen Tugenden hat, von denen du gesprochen!« – »Hm!« versetzte Spiegel, »die Sache verhält sich nicht ganz so, wie Ihr sagt! Der Schatz ist da, wie Ihr richtig einseht; das schöne Weib habe ich, um es aufrichtig zu gestehen, allbereits auch schon ausgespart; aber mit dem Mann, der sie unter diesen schwierigen Umständen heiraten möchte, da hapert es eben; denn heutzutage muß die Schönheit obenein vergoldet sein wie die Weihnachtsnüsse.

Und je hohler die Köpfe werden, desto mehr sind sie bestrebt, die Leere mit einigem Weibergut nachzufüllen, damit sie die Zeit besser zu verbringen vermögen; da wird dann mit wichtigem Gesicht ein Pferd besehen und ein Stück Sammet gekauft, mit Laufen und Rennen eine gute Armbrust bestellt, und der Büchsenschmied kommt nicht aus dem Hause; da heißt es ich muß meinen Wein einheimsen und meine Fässer putzen, meine Bäume putzen lassen und mein Dach decken; ich muß meine Frau ins Bad schicken, sie kränkelt und kostet mich viel Geld, und muß mein Holz fahren lassen und mein Ausstehendes eintreiben; ich habe ein Paar Windspiele gekauft und meine Bracken vertauscht, ich habe einen schönen eichenen Ausziehtisch eingehandelt und meine große Nußbaumlade drangegeben; ich habe meine Bohnenstangen geschnitten, meinen Gärtner fortgejagt, mein Heu verkauft und meinen Salat gesäet, immer mein und mein vom Morgen bis zu Abend. Manche sagen sogar ich habe meine Wäsche die nächste Woche, ich muß meine Betten sonnen, ich muß eine Magd dingen und einen neuen Metzger haben, denn den alten will ich abschaffen; ich habe ein allerliebstes Waffeleisen erstanden, durch Zufall, und habe mein silbernes Zimmetbüchschen verkauft, es war mir so nichts nütze. Alles das sind wohlverstanden die Sachen der Frau, und so verbringt ein solcher Kerl die Zeit und stiehlt unserm Herrgott den Tag ab, indem er alle diese Verrichtungen aufzählt, ohne einen Streich zu tun. Wenn es hochkommt und ein solcher Patron sich etwa ducken muß, so wird er vielleicht sagen unsere Kühe und unsere Schweine, aber —« Pineiß riß den Spiegel an der Schnur, daß er miau! schrie, und rief »Genug, du Plappermaul! Sag jetzt unverzüglich: wo ist sie, von der du weißt?« Denn die Aufzählung aller dieser Herrlichkeiten und Verrichtungen, die mit einem Weibergute verbunden sind, hatte dem dürren Hexenmeister den Mund nur noch wässeriger gemacht. Spiegel sagte erstaunt: »Wollt Ihr denn wirklich das Ding unternehmen, Herr Pineiß?«

»Versteht sich, will ich! Wer sonst als ich? Drum heraus damit wo ist diejenige?«

»Damit Ihr hingehen und sie freien könnt?«

»Ohne Zweifel!«

»So wisset, die Sache geht nur durch meine Hand! Mit mir müßt Ihr sprechen, wenn Ihr Geld und Frau wollt!« sagte Spiegel kaltblütig und gleichgültig und fuhr sich mit den beiden Pfoten eifrig über die Ohren, nachdem er sie jedesmal ein bißchen naß gemacht. Pineiß besann sich sorgfältig, stöhnte ein bißchen und sagte »Ich merke, du willst unsern Kontrakt aufheben und deinen Kopf salvieren!«

»Schiene Euch das so uneben und unnatürlich?«

»Du betrügst mich am Ende und belügst mich wie ein Schelm!«»Dies ist auch möglich!« sagte Spiegel.
»Ich sage dir betrüge mich nicht!« rief Pineiß gebieterisch.
»Gut, so betrüge ich Euch nicht!« sagte Spiegel.
»Wenn du's tust!«
»So tu ich's.«
»Quäle mich nicht, Spiegelchen!« sprach Pineiß beinahe weinerlich, und Spiegel erwiderte jetzt ernsthaft:
»Ihr seid ein wunderbarer Mensch, Herr Pineiß! Da haltet Ihr mich an einer Schnur gefangen und zerrt daran, daß mir der Atem vergeht! Ihr lasset das Schwert des Todes über mir schweben seit länger als zwei Stunden, was sag ich! seit einem halben Jahre! und nun sprecht Ihr: Quäle mich nicht, Spiegelchen! Wenn Ihr erlaubt, so sage ich Euch in Kürze: Es kann mir nur lieb sein, jene Liebespflicht gegen die Tote doch noch zu erfüllen und für das bewußte Frauenzimmer einen tauglichen Mann zu finden, und Ihr scheint mir allerdings in aller Hinsicht zu genügen; es ist keine Leichtigkeit, ein Weibstück wohl unterzubringen, sosehr dies auch scheint, und ich sage noch einmal ich bin froh, daß Ihr Euch hiezu bereit finden lasset! Aber umsonst ist der Tod! Eh ich ein Wort weiter spreche, einen Schritt tue, ja eh ich nur den Mund noch einmal aufmache, will ich erst meine Freiheit wiederhaben und mein Leben versichert! Daher nehmt diese Schnur weg und legt den Kontrakt hier auf den Brunnen, hier auf diesen Stein, oder schneidet mir den Kopf ab, eins von beiden!«
»Ei du Tollhäusler und Obenhinaus!« sagte Pineiß,»du Hitzkopf, so streng wird es nicht gemeint sein? Das will ordentlich besprochen sein, und muß jedenfalls ein neuer Vertrag geschlossen werden!« Spiegel gab keine Antwort mehr und saß unbeweglich da, ein, zwei und drei Minuten. Da ward dem Meister bänglich, er zog seine Brieftasche hervor, klaubte seufzend den Schein heraus, las ihn noch einmal durch und legte ihn dann zögernd vor Spiegel hin. Kaum lag das Papier dort, so schnappte es Spiegel auf und verschlang es; und obgleich er heftig daran zu würgen hatte, so dünkte es ihn doch die beste und gedeihlichste Speise zu sein, die er je genossen, und er hoffte, daß sie ihm noch auf lange wohl bekommen und ihn rundlich und munter machen würde. Als er mit der angenehmen Mahlzeit fertig war, begrüßte er den Hexenmeister höflich und sagte»Ihr werdet unfehlbar von mir hören, Herr Pineiß, und Weib und Geld sollen Euch nicht entgehen. Dagegen macht Euch bereit, recht verliebt zu sein, damit Ihr jene Bedingungen einer unverbrüchlichen Hingebung an die Liebkosungen Eurer Frau, die schon so gut wie Euer ist, ja beschwören und erfüllen könnt! Und hiemit bedanke ich mich des vorläufigen für genossene Pflege und Beköstigung und beurlaube mich!«

Somit ging Spiegel seines Weges und freute sich über die Dummheit des Hexenmeisters, welcher glaubte, sich selbst und alle Welt betrügen zu können, indem er ja die gehoffte Braut nicht uneigennützig, aus bloßer Liebe zur Schönheit, ehelichen wollte, sondern den Umstand mit den zehntausend Goldgülden vorher wußte. Indessen hatte er schon eine Person im Auge, welche er dem törichten Hexenmeister aufzuhalsen gedachte für seine gebratenen Krammetsvögel, Mäuse und Würstchen.

Dem Hause des Herrn Pineiß gegenüber war ein anderes Haus, dessen vordere Seite auf das sauberste geweißt war und dessen Fenster immer frisch gewaschen glänzten. Die bescheidenen Fenstervorhänge waren immer schneeweiß und wie soeben geplättet, und ebenso weiß war der Habit und das Kopf- und Halstuch einer alten Beghine, welche in dem Hause wohnte, also daß ihr nonnenartiger Kopfputz, der ihre Brust bekleidete, immer wie aus Schreibpapier gefaltet aussah, so daß man gleich darauf hätte schreiben mögen; das hätte man wenigstens auf der Brust bequem tun können, da sie so eben und so hart war wie ein Brett. So scharf die weißen Kanten und Ecken ihrer Kleidung, so scharf war auch die lange Nase und das Kinn der Beghine, ihre Zunge und der böse Blick ihrer Augen; doch sprach sie nur wenig mit der Zunge und blickte wenig mit den Augen, da sie die Verschwendung nicht liebte und alles nur zur rechten Zeit und mit Bedacht verwendete. Alle Tage ging sie dreimal in die Kirche, und wenn sie in ihrem frischen, weißen und knitternden Zeuge und mit ihrer weißen spitzigen Nase über die Straße ging, liefen die Kinder furchtsam davon, und selbst erwachsene Leute traten gern hinter die Haustüre, wenn es noch Zeit war. Sie stand aber wegen ihrer strengen Frömmigkeit und Eingezogenheit in großem Rufe und besonders bei der Geistlichkeit in hohem Ansehen, aber selbst die Pfaffen verkehrten lieber schriftlich mit ihr als mündlich, und wenn sie beichtete, so schoß der Pfarrer jedesmal so schweißtriefend aus dem Beichtstuhl heraus, als ob er aus einem Backofen käme. So lebte die fromme Beghine, die keinen Spaß verstand, in tiefem Frieden und blieb ungeschoren. Sie machte sich auch mit niemand zu schaffen und ließ die Leute gehen, vorausgesetzt, daß sie ihr aus dem Wege gingen; nur auf ihren Nachbar Pineiß schien sie einen besondern Haß geworfen zu haben; denn sooft er sich an seinem Fenster blicken ließ, warf sie ihm einen bösen Blick hinüber und zog augenblicklich ihre weißen Vorhänge vor, und Pineiß fürchtete sie wie das Feuer und wagte nur zuhinterst in seinem Hause, wenn alles gut verschlossen war, etwa einen Witz über sie zu machen. So weiß und hell aber das Haus der Beghine nach der Straße zu aussah, so schwarz und räucherig, unheimlich und seltsam sah es von hinten aus, wo es jedoch fast gar nicht gesehen werden konnte als von den Vögeln des Himmels und den

Katzen auf den Dächern, weil es in eine dunkle Winkelei von himmelhohen Brandmauern ohne Fenster hineingebaut war, wo nirgends ein menschliches Gesicht sich sehen ließ. Unter dem Dache dort hingen alte zerrissene Unterröcke, Körbe und Kräutersäcke, auf dem Dache wuchsen ordentliche Eibenbäumchen und Dornsträucher, und ein großer rußiger Schornstein ragte unheimlich in die Luft. Aus diesem Schornstein aber fuhr in der dunklen Nacht nicht selten eine Hexe auf ihrem Besen in die Höhe, jung und schön und splitternackt, wie Gott die Weiber geschaffen und der Teufel sie gern sieht. Wenn sie aus dem Schornstein fuhr, so schnupperte sie mit dem feinsten Näschen und mit lächelnden Kirschenlippen in der frischen Nachtluft und fuhr in dem weißen Scheine ihres Leibes dahin, indes ihr langes rabenschwarzes Haar wie eine Nachtfahne hinter ihr herflatterte. In einem Loch am Schornstein saß ein alter Eulenvogel, und zu diesem begab sich jetzt der befreite Spiegel, eine fette Maus im Maule, die er unterwegs gefangen.

»Wünsch guten Abend, liebe Frau Eule! Eifrig auf der Wacht?« sagte er, und die Eule erwiderte »Muß wohl! Wünsch gleichfalls guten Abend! Ihr habt Euch lang nicht sehen lassen, Herr Spiegel!«

»Hat seine Gründe gehabt, werde Euch das erzählen. Hier habe ich Euch ein Mäuschen gebracht, schlecht und recht, wie es die Jahrszeit gibt, wenn Ihr's nicht verschmähen wollt! Ist die Meisterin ausgeritten?«

»Noch nicht, sie will erst gegen Morgen auf ein Stündchen hinaus. Habt Dank für die schöne Maus! Seid doch immer der höfliche Spiegel! Habe hier einen schlechten Sperling zur Seite gelegt, der mir heut zu nahe flog; wenn Euch beliebt, so kostet den Vogel! Und wie ist es Euch denn ergangen?«

»Fast wunderlich«, erwiderte Spiegel, »sie wollten mir an den Kragen. Hört, wenn es Euch gefällig ist.« Während sie nun vergnüglich ihr Abendessen einnahmen, erzählte Spiegel der aufmerksamen Eule alles, was ihn betroffen und wie er sich aus den Händen des Herrn Pineiß befreit habe. Die Eule sagte »Da wünsch ich tausendmal Glück, nun seid Ihr wieder ein gemachter Mann und könnt gehen, wo Ihr wollt, nachdem Ihr mancherlei erfahren!«

»Damit sind wir noch nicht zu Ende«, sagte Spiegel, »der Mann muß seine Frau und seine Goldgülden haben!«

»Seid Ihr von Sinnen, dem Schelm noch wohlzutun, der Euch das Fell abziehen wollte?«

»Ei, er hat es doch rechtlich und vertragsmäßig tun können, und da ich ihn in gleicher Münze wiederbedienen kann, warum sollt ich es unterlassen? Wer sagt denn, daß ich ihm wohltun will?

Jene Erzählung war eine reine Einladung von mir, meine in Gott ruhende Meisterin war eine simple Person, welche in ihrem Leben nie verliebt noch von Anbetern umringt war, und jener Schatz ist ein ungerechtes Gut, das sie einst ererbt und in den Brunnen geworfen hat, damit sie kein Unglück daran erlebe. ›Verflucht sei, wer es da herausnimmt und verbraucht‹, sagte sie. Es macht sich also in betreff des Wohltuns!«

»Dann ist die Sache freilich anders! Aber nun, wo wollt Ihr die entsprechende Frau hernehmen?«

»Hier aus diesem Schornstein! Deshalb bin ich gekommen, um ein vernünftiges Wort mit Euch zu reden! Möchtet Ihr denn nicht einmal wieder frei werden aus den Banden dieser Hexe? Sinnt nach, wie wir sie fangen und mit dem alten Bösewicht verheiraten!«

»Spiegel, Ihr braucht Euch nur zu nähern, so weckt Ihr mir ersprießliche Gedanken.«

»Das wußt ich wohl, daß Ihr klug seid! Ich habe das Meinige getan, und es ist besser, daß Ihr auch Euren Senf dazu gebt und neue Kräfte vorspannt, so kann es gewiß nicht fehlen!«

»Da alle Dinge so schön zusammentreffen, so brauche ich nicht lang zu sinnen, mein Plan ist längst gemacht!«

»Wie fangen wir sie?«

»Mit einem neuen Schnepfengarn aus guten starken Hanfschnüren; geflochten muß es sein von einem zwanzigjährigen Jägerssohn, der noch kein Weib angesehen hat, und es muß schon dreimal der Nachttau darauf gefallen sein, ohne daß sich eine Schnepfe gefangen; der Grund aber hievon muß dreimal eine gute Handlung sein. Ein solches Netz ist stark genug, die Hexe zu fangen.«

»Nun bin ich neugierig, wo Ihr ein solches hernehmt«, sagte Spiegel, »denn ich weiß, daß Ihr keine vergeblichen Worte schwatzt!«

»Es ist auch schon gefunden, wie für uns gemacht; in einem Walde nicht weit von hier sitzt ein zwanzigjähriger Jägerssohn, welcher noch kein Weib angesehen hat; denn er ist blind geboren. Deswegen ist er auch zu nichts zu gebrauchen als zum Garnflechten und hat vor einigen Tagen ein neues, sehr schönes Schnepfengarn zustande gebracht. Aber als der alte Jäger es zum ersten Male ausspannen wollte, kam ein Weib daher, welches ihn zur Sünde verlocken wollte; es war aber so häßlich, daß der alte Mann voll Schreckens davonlief und das Garn am Boden liegenließ. Darum ist ein Tau darauf gefallen, ohne daß sich eine Schnepfe fing, und war also eine gute Handlung daran schuld. Als er des andern Tages hinging, um das Garn abermals auszuspannen, kam eben ein Reiter daher, welcher einen schweren Mantelsack hinter sich hatte; in diesem war ein Loch, aus welchem von Zeit zu Zeit ein Goldstück auf die Erde fiel.

Da ließ der Jäger das Garn abermals liegen und lief eifrig hinter dem Reiter her und sammelte die Goldstücke in seinen Hut, bis der Reiter sich umkehrte, es sah und voll Grimm seine Lanze auf ihn richtete. Da bückte der Jäger sich erschrocken, reichte ihm den Hut dar und sagt ›Erlaubt, gnädiger Herr, Ihr habt hier viel Gold verloren, das ich Euch sorgfältig aufgelesen!‹ Dies war wiederum eine gute Handlung, indem das ehrliche Finden eine der schwierigsten und besten ist; er war aber so weit von dem Schnepfengarn entfernt, daß er es die zweite Nacht im Walde liegenließ und den nähern Weg nach Hause ging. Am dritten Tag endlich, nämlich gestern, als er eben wieder auf dem Wege war, traf er eine hübsche Gevattersfrau an, die dem Alten um den Bart zu gehen pflegte und der er schon manches Häslein geschenkt hat. Darüber vergaß er die Schnepfen gänzlich und sagte am Morgen ›Ich habe den armen Schnepflein das Leben geschenkt; auch gegen Tiere muß man barmherzig sein!‹ Und um dieser drei guten Handlungen willen fand er, daß er jetzt zu gut sei für diese Welt, und ist heute vormittag beizeiten in ein Kloster gegangen. So liegt das Garn noch ungebraucht im Walde, und ich darf es nur holen.« – »Holt es geschwind!« sagte Spiegel, »es wird gut sein zu unserm Zweck!« – »Ich will es holen«, sagte die Eule, »steht nur so lang Wache für mich in diesem Loch, und wenn etwa die Meisterin den Schornstein hinaufrufen sollte, ob die Luft rein sei? so antwortet, indem Ihr meine Stimme nachahmt: Nein, es stinkt noch nicht in der Fechtschul!« Spiegel stellte sich in die Nische, und die Eule flog still über die Stadt weg nach dem Wald. Bald kam sie mit dem Schnepfengarn zurück und fragte »Hat sie schon gerufen?« »Noch nicht!« sagte Spiegel.

Da spannten sie das Garn aus über den Schornstein und setzten sich daneben still und klug; die Luft war dunkel, und es ging ein leichtes Morgenwindchen, in welchem ein paar Sternbilder flackerten. »Ihr sollt sehen«, flüsterte die Eule, »wie geschickt die durch den Schornstein heraufzusäuseln versteht, ohne sich die blanken Schultern schwarz zu machen!« – »Ich hab sie noch nie so nah gesehen«, erwiderte Spiegel leise, »wenn sie uns nur nicht zu fassen kriegt!«

Da rief die Hexe von unten »Ist die Luft rein?« Die Eule rief »Ganz rein, es stinkt herrlich in der Fechtschul!« und alsobald kam die Hexe heraufgefahren und wurde in dem Garne gefangen, welches die Katze und die Eule eiligst zusammenzogen und verbanden. »Halt fest!« sagte Spiegel und »Binde gut!« die Eule. Die Hexe zappelte und tobte mäuschenstill wie ein Fisch im Netz; aber es half ihr nichts, und das Garn bewährte sich auf das beste. Nur der Stiel ihres Besens ragte durch die Maschen.

Spiegel wollte ihn sachte herausziehen, erhielt aber einen solchen Nasenstüber, daß er beinahe in Ohnmacht fiel und einsah, wie man auch einer Löwin im Netz nicht zu nahe kommen dürfe. Endlich hielt sich die Hexe still und sagte »Was wollt ihr denn von mir, ihr wunderlichen Tiere?«

»Ihr sollt mich aus Eurem Dienste entlassen und meine Freiheit zurückgeben!« sagte die Eule. »So viel Geschrei und wenig Wolle!« sagte die Hexe, »du bist frei, mach dies Garn auf!« – »Noch nicht!« sagte Spiegel, der immer noch seine Nase rieb. »Ihr müßt Euch verpflichten, den Stadthexenmeister Pineiß Euren Nachbar, zu heiraten auf die Weise, wie wir Euch sagen werden, und ihn nicht mehr zu verlassen!« Da fing die Hexe wieder an zu zappeln und zu prusten wie der Teufel, und die Eule sagte »Sie will nicht dran!« Spiegel aber sagte »Wenn Ihr nicht ruhig seid und alles tut, was wir wünschen, so hängen wir das Garn samt seinem Inhalte da vorn an den Drachenkopf der Dachtraufe, nach der Straße zu, daß man Euch morgen sieht und die Hexe erkennt! Sagt also Wollt Ihr lieber unter dem Vorsitze des Herrn Pineiß gebraten werden oder ihn braten, indem Ihr ihn heiratet?«

Da sagte die Hexe mit einem Seufzer »So sprecht, wie meint Ihr die Sache?« Und Spiegel setzte ihr alles zierlich auseinander, wie es gemeint sei und was sie zu tun hätte. »Das ist allenfalls noch auszuhalten, wenn es nicht anders sein kann!« sagte sie und ergab sich unter den stärksten Formeln, die eine Hexe binden können. Da taten die Tiere das Gefängnis auf und ließen sie heraus. Sie bestieg sogleich den Besen, die Eule setzte sich hinter sie auf den Stiel und Spiegel zuhinterst auf das Reisigbündel und hielt sich da fest, und so ritten sie nach dem Brunnen, in welchen die Hexe hinabfuhr, um den Schatz heraufzuholen.

Am Morgen erschien Spiegel bei Herrn Pineiß und meldete ihm, daß er die bewußte Person ansehen und freien könne; sie sei aber allbereits so arm geworden, daß sie, gänzlich verlassen und verstoßen, vor dem Tore unter einem Baum sitze und bitterlich weine. Sogleich kleidete sich Herr Pineiß in sein abgeschabtes gelbes Samtwämschen, das er nur bei feierlichen Gelegenheiten trug, setzte die bessere Pudelmütze auf und umgürtete sich mit seinem Degen; in die Hand nahm er einen alten grünen Handschuh, ein Balsamfläschchen, worin einst Balsam gewesen und das noch ein bißchen roch, und eine papierne Nelke, worauf er mit Spiegel vor das Tor ging, um zu freien. Dort traf er ein weinendes Frauenzimmer sitzen unter einem Weidenbaum, von so großer Schönheit, wie er noch nie gesehen; aber ihr Gewand war so dürftig und zerrissen, daß, sie mochte sich auch schamhaft gebärden, wie sie wollte, immer da oder dort der schneeweiße Leib ein bißchen durchschimmerte.

Pineiß riß die Augen auf und konnte vor heftigem Entzücken kaum seine Bewerbung vorbringen. Da trocknete die Schöne ihre Tränen, gab ihm mit süßem Lächeln die Hand, dankte ihm mit einer himmlischen Glockenstimme für seine Großmut und schwur, ihm ewig treu zu sein. Aber im selben Augenblicke erfüllte ihn eine solche Eifersucht und Neideswut auf seine Braut, daß er beschloß, sie vor keinem menschlichen Auge jemals sehen zu lassen. Er ließ sich bei einem uralten Einsiedler mit ihr trauen und feierte das Hochzeitmahl in seinem Hause, ohne andere Gäste als Spiegel und die Eule, welche ersterer mitzubringen sich die Erlaubnis erbeten hatte. Die zehntausend Goldgülden standen in einer Schüssel auf dem Tisch, und Pineiß griff zuweilen hinein und wühlte in dem Golde; dann sah er wieder die schöne Frau an, welche in einem meerblauen Sammetkleide dasaß, das Haar mit einem goldenen Netze umflochten und mit Blumen geschmückt, und den weißen Hals mit Perlen umgeben. Er wollte sie fortwährend küssen, aber sie wußte verschämt und züchtig ihn abzuhalten, mit einem verführerischen Lächeln, und schwur, daß sie dieses vor Zeugen und vor Anbruch der Nacht nicht tun würde. Dies machte ihn nur noch verliebter und glückseliger, und Spiegel würzte das Mahl mit lieblichen Gesprächen, welche die schöne Frau mit den angenehmsten, witzigsten und einschmeichelndsten Worten fortführte, so daß der Hexenmeister nicht wußte, wie ihm geschah vor Zufriedenheit. Als es aber dunkel geworden, beurlaubten sich die Eule und die Katze und entfernten sich bescheiden; Herr Pineiß begleitete sie bis unter die Haustüre mit einem Lichte und dankte dem Spiegel nochmals, indem er ihn einen trefflichen und höflichen Mann nannte, und als er in die Stube zurückkehrte, saß die alte weiße Beghine, seine Nachbarin, am Tisch und sah ihn mit einem bösen Blick an. Entsetzt ließ Pineiß den Leuchter fallen und lehnte sich zitternd an die Wand. Er hing die Zunge heraus, und sein Gesicht war so fahl und spitzig geworden wie das der Beghine. Diese aber stand auf, näherte sich ihm und trieb ihn vor sich her in die Hochzeitkammer, wo sie mit höllischen Künsten ihn auf eine Folter spannte, wie noch kein Sterblicher erlebt. So war er nun mit der Alten unauflöslich verehelicht, und in der Stadt hieß es, als es ruchbar wurde »Ei seht, wie stille Wasser tief sind! Wer hätte gedacht, daß die fromme Beghine und der Herr Stadthexenmeister sich noch verheiraten würden! Nun, es ist ein ehrbares und rechtliches Paar, wenn auch nicht sehr liebenswürdig!« Herr Pineiß aber führte von nun an ein erbärmliches Leben; seine Gattin hatte sich sogleich in den Besitz aller seiner Geheimnisse gesetzt und beherrschte ihn vollständig.

Es war ihm nicht die geringste Freiheit und Erholung gestattet, er mußte hexen vom Morgen bis zum Abend, was das Zeug halten wollte, und wenn Spiegel vorüberging und es sah, sagte er freundlich »Immer fleißig, fleißig, Herr Pineiß?«

Seit dieser Zeit sagt man zu Seldwyla: Er hat der Katze den Schmer abgekauft! besonders wenn einer eine böse und widerwärtige Frau erhandelt hat.